suhrkamp taschenbuch 3560

»Ihre Finger zittern, als sie das Kleid der Lotte Spannring säumt. In ihrem erregten Zustand wagt sie die Stiche, die auf dem feinen Gewebe unsichtbar bleiben müssen, nicht mehr zu machen. Max, denkt sie zum ersten Mal. Max! Da hat sie einen Namen, der zu ihr gehören könnte, der sich an ihren heften ließe. In diesem Augenblick wünscht sie sich den Mann ins Zimmer. Komm! sagt sie. Jetzt könnte sie ihm ihre Antwort geben. Sie ist bereit. Du, flüstert sie, und denkt sich als Frau Leimer. Schluß mit dem Fräulein Roswitha.«

Eine Geschichte aus der österreichischen Provinz, die Geschichte eines beschädigten Frauenlebens. Roswitha, von Beruf Änderungsschneiderin, 42 Jahre alt, alleinstehend, ist gehbehindert, ihr ganzer Stolz sind ihre schönen Finger. Es geschieht nichts Besonderes in ihrem Leben, bis eines Tages das Pfarrhaus, in dem sie lebt, renoviert wird und plötzlich Max auf dem Gerüst steht. Mit einem Heiratsantrag überrumpelt er Roswitha, er zieht bei ihr ein. Vom Heiraten ist bald nicht mehr die Rede, er will doch nur ein »Winterquartier«. Max ist grob, und von der Umgebung ist kaum Hilfe zu erwarten. Das Unheil nimmt seinen Lauf.

»Ein im Wortsinn un-heimliches Kunstwerk: Evelyn Grills Roman *Winterquartier.*« Arnold Stadler

Evelyn Grill, geboren bei Steyr/Oberösterreich, lebt nach ihrem Jurastudium im Linz seit 1986 in Deutschland und wohnt jetzt in Freiburg im Breisgau. Zuletzt erschienen die Erzählungen *Wilma* (es 1890) und *Hinüber* (es 2097) und 2002 *Ins Ohr* (st 3416), »das Buch einer Liebe, einer verrückten erotischen Leidenschaft«. *Badische Zeitung*

Evelyn Grill
Winterquartier

Roman

Suhrkamp

Winterquartier, erstmals 1993
in der Bibliothek der Provinz, Weitra, erschienen,
wurde für diese Ausgabe
von der Autorin überarbeitet.

Umschlagfoto: Photonica/Jun Yamashita

suhrkamp taschenbuch 3560
Erste Auflage 2004

Druck: Ebner & Spiegel, Ulm
Printed in Germany
ISBN 3-518-45560-5

1 2 3 4 5 6 – 09 08 07 06 05 04

Winterquartier

Sein Antrag hat sie verwirrt. Zu planen hat sie längst verlernt. Sie läßt die Tage kommen und gehen. Daß sie sich nicht sofort hat entscheiden können, hat ihn vielleicht verstimmt. Von ihr, der Hinkenden, hat er wohl anderes erwartet: einen offenen Empfang, ausgebreitete Arme oder niedergeschlagene Augen. Vielleicht hat sie sich die Zukunft durch ihr Zögern schon wieder vertan.

Ihre Finger zittern, als sie das Kleid der Lotte Spannring säumt. In ihrem erregten Zustand wagt sie die Stiche, die auf dem feinen Gewebe unsichtbar bleiben müssen, nicht mehr zu machen. Ganz gegen ihre Gewohnheit schiebt sie die Arbeit achtlos zur Seite, knüllt sie sogar auf die Nähmaschine. Max, denkt sie zum ersten Mal. Max! Da hat sie einen Namen, der zu ihr gehören könnte, der sich an ihren heften ließe. In diesem Augenblick wünscht sie sich den Mann ins Zimmer. Komm! sagt sie. Jetzt könnte sie ihm ihre Antwort geben. Sie ist bereit. Du, flüstert sie und denkt sich als Frau Leimer. Schluß mit dem Fräulein Roswitha.

Bald könnte sie eine Ehefrau sein, eine Gattin. Am Arm ihres Mannes würde ihr Hinken nicht mehr auffallen. Bei ihren Selbstgesprächen würde sie nicht mehr in der zweiten Person mit sich reden. Sie würde, falls sie überhaupt noch zu Selbstgesprächen neigte, wenn sie einen Mann hätte, *ich* denken und laut sagen. Das Du würde sie sich für Max aufheben.

Roswitha, die Änderungsschneiderin, hat nicht zu klagen. Das Geschäft geht. Da schießt manchmal so etwas wie Stolz in sie, der sie jedoch verläßt, sobald sie auf die Straße muß. Zu einem Selbstvertrauen hat sie es nie gebracht. Sie öffnet das Fenster. Sie breitet ihre Arme aus und atmet tief und hat eine schwarze Nacht vor sich, die ihr die Tränen in die Augen treibt. Sie hustet, sie bellt ihr Weinen hinaus, sie ist ungeübt. Da bröckelt mehr aus ihr, das kommt aus dem Bauch und steigt hoch und würgt und drückt sie und preßt ihr das Wasser übers Gesicht. Als es vorüber ist, die Tränen aus dem Gesicht gewischt sind, die Nase geschneuzt ist, setzt sie sich ans Fenster. Sie sitzt, und es behagt ihr alles wohl.

Ihr Leben wird sich zum Besseren wenden. Die so unerwartet angetragene Ehe ist doch immer ihr Ziel und ihr Wunsch gewesen; das hat sie sich bisher nie einzugestehen gewagt. Sie vergißt nie ihr Gebrechen und weiß noch im Traum von ihrem kantigen Äußeren: Das Eckige ihrer Bewegungen ist auch in ihr Gesicht und ihren Körper gefahren; sie ist lediglich ein Entwurf, ein Rohzustand. Nur ihre Hände, die sie auf ihrem Schoß ineinanderlegt, gefallen ihr; sie streckt die Finger der rechten Hand, hält sich den Handrücken vor die Augen und denkt sich den Ringfinger mit einem schmalen, goldenen Reif, der ihr bald zusteht, als seine Frau. Mit ihren Händen ist sie zufrieden, sie sind schlank und vornehm. Mit ihnen wird sie Max erstaunen, mit diesen zierlichen, schmalfingrigen. Ihr Ringfinger wird ihn beim Hochschieben des Ringes entzücken; nein, ihrer Hände braucht sie sich nicht zu schämen. Allerdings hat bisher nie jemand auf sie geachtet. Außer Lotte. Sie hat einmal, während sie den Stoff um ihre Hüften glattstrich, zu ihr bemerkt: Deine Finger sehen aus wie Spinnenbeine. So lang und so dünn wie bei einem Weberknecht. Man kriegt Angst, sie könnten dir beim Nähen abbrechen. Da mußte sie lachen, und sie hat ihre Finger, die den gestrafften Stoff über Lottes Bauch glattstrichen, betrachtet und die Worte wie Komplimente gehätschelt. Die machten ihr warm. Manchmal gestattet sie sich abends vor dem Spiegel ein Fingerspiel auf einer Decke. Ihre Gestalt, sie selbst, läßt sie im Dunkel. Ihre weißen Finger tanzen über den roten Stoff, der sie zum Leuchten bringt und zum Leben. Sie lebt nur noch in ihren Händen. Sie stellt die Zweimal-Fünf gegen das Licht, läßt sie hüpfen, sich krümmen und strecken, erfreut sich daran eine Weile. Dann wird sie beklommen und unruhig, eine Spannung reißt in ihrer Brust, da liegen die Schönen still, und sie fühlt sich zu Ende gelebt, träge, verzweifelt. Sie begehrt auf, drückt sich die Finger gegen die Wangen, die Backenknochen, die Stirn, die Nase, gegen die Lider, auf die Lippen. Sie küßt die Fingerspitzen. Jede einzelne der zarten Fingerkuppen mit den rundgepflegten Nägeln küßt sie mit geschlossenen Augen und leckt und schmatzt mit ihrer Zunge über die Finger, die Handrücken, die Handballen, schiebt den Daumen tief in den Mund bis an den gurgelnden Brechreiz, hält dann die Speichelbeglänzten dem Spiegel entgegen, entzückt sich wieder an Form, Feuchte und Weiße und kann sich nicht retten vor der Raserei, da sie mit ihren Händen eins werden will; ihre Hände, ihre Finger will sie sich einverleiben. Sie erprobt ihre Zähne an den Knöcheln, reißt an den Gelenken, bis der Geschmack des Blutes sie ernüchtert. Dann verklebt sie die kleinen Wunden mit zartrosa Pflästerchen.

Der Tag, ein Dienstag, hatte gewöhnlich begonnen.

Er ist ihr trotz Sonnenscheins grau erschienen; lustlos ist sie aus ihrem Bett gestiegen. An ihrem Haus haben sie begonnen Gerüste hochzuziehen. Bald würden sie an ihre Fenster kommen. Das Haus wird eine neue Fassade erhalten. Die Gemeinde plant Jubiläumsfeierlichkeiten. Der Ort soll den erwarteten Besuchern einen schmucken Eindruck machen.

Beim Frühstück stört sie das Geklopfe an der Außenwand; Maurer schlagen den Verputz herunter. Als sie ans Fenster tritt, sieht sie ein halbes Dutzend Arbeiter, die sich an dem Gebäude zu schaffen machen. Später geht sie aus dem Haus. Sie entdeckt die Gerüste, riecht den Staub, bemerkt den räudigen Verputz und die Männer, an denen sie schnell vorbeiwill. Einer grüßt laut und verbeugt sich, er schwingt sogar seine Mütze, als kenne er sie.

So hat es angefangen. An den Nußbaum gelehnt, hält er in der einen Hand eine Flasche Bier, mit der anderen schwenkt er seine Mütze. Der blaue Arbeitsanzug und sein Gesicht sind wie mehlbeschlagen vom Mörtelstaub. Sie murmelt einen Gruß und stolpert weiter. Was will der Mann? Warum grüßt er sie?

Beim Bäcker ist sie wegen des Maurers noch so außer sich, daß sie ganz gegen ihre Gewohnheit zwei statt einer Mohnkrone für ihren Nachmittagskaffee kauft. Doch beim Greißler ist sie schon abgekühlt und begnügt sich mit einem Paradeiser, fünf Deka Wurst und einem Achtel Kilo Butter; sie widersteht dem frischgemachten Topfenaufstrich, obwohl die Greißlerin ihn ihr beharrlich anpreist.

Als sie zurückkommt, lehnt der Mann nicht mehr am

Nußbaum. Offensichtlich hat er seine Pause beendet. Männer mit runden Rücken und blauen Overalls plagen sich an den Stangen und Brettern ab. Einer von ihnen muß ihr Grüßer sein. Es schreckt sie der Einfall, daß sie ihn vielleicht nicht mehr wiedererkennen würde; wenn er sie nicht noch einmal grüßte, würde sie an ihn nicht mehr denken können. Sie betritt das Haus und zieht sich am Eisengeländer die gewundene Steintreppe in den ersten Stock hinauf. Den Korb stellt sie auf den Küchentisch und packt die Lebensmittel aus. Einen Augenblick hält sie den Paradeiser mit den Fingern umschlossen, läßt ihn dann auf ihrer Handfläche taumeln, spreizt die Finger und schlingt sie dann wieder um die Frucht. Schließlich legt sie sie in in den Kühlschrank. Sie wünscht sich, einem Bildhauer zu begegnen oder daß er auf sie zukäme, während sie eine Kaffeetasse hochnähme oder beim zierlichen Führen einer Nähnadel, der sie selbst manchmal nachsinnt. Ein Künstler würde, hoffte sie, von ihren Händen bezaubert sein, nur so einer vermöchte die Schönheit ihrer Hände zu würdigen, in Stein würde er sie hauen, unvergänglich würde er sie machen. Doch ist ihres Wissens noch nie ein Bildhauer in ihr Dorf gekommen; und selbst wenn, wie hätte sie, Roswitha, die Änderungsschneiderin, es angestellt, in seine Nähe zu gelangen? Dennoch pflegt sie ihre Hände und Fingernägel sorgfältig.

Durch das Vorzimmerfenster wirft sich ein Schatten, schwindet wieder und dunkelt erneut; der Schatten schreckt sie unter dem Küchengewölbe auf. Stangen und Bretter sieht sie hin und her gehoben und gesenkt. Sie tritt ans Fenster. Knapp unter ihr, zum Greifen nahe, schaffen Männer an einem Brett, zwei weitere rufen und schwenken die Arme. Der eine könnte der Grüßer sein, denkt sie. Da sieht er sie und ruft ihr zu: Fräulein, machen Sie das Fenster zu! Es staubt. Sofort schnellt sie die Halterungen aus den Ösen und reißt die Flügel zu. Dann rennt sie ins Zimmer, in dem die Nähmaschine steht, wo sich der Tisch mit der Lampe, auf dem sie zuschneidet, befindet. Das Fenster des Nähzimmers geht nach Südwesten. Diese Außenwand ist noch frei von Gerüsten. Hier kann sie noch ungehindert auf die Pfarrkirche mit ihren Zwiebeltürmen, auf den Pfarrhof und den Gefängniskomplex sehen. Sie zwingt sich an die Nähmaschine und näht einen Reißverschluß in die Hose des Briefträgers. Das Hämmern dringt nur noch wie aus großer Ferne zu ihr. Dann nimmt sie Lottes Seidenkleid zur Hand und spießt ihre Aufmerksamkeit ganz auf das feine Sticheln.

Da schlägt ihre Türglocke an. An der Tür steht der Maurer und bittet um Feuer für seine Zigarette. Freilich ist sie keine Raucherin, obwohl sie manchmal mit einem Bleistift vor dem Spiegel »Rauchen« spielt, um ihre Hände auftreten zu lassen.

Sie bittet den Mann nicht in die Wohnung, läßt aber die Tür offen, während sie aus der Kredenz das Verlangte holt. Inzwischen ist er unaufgefordert über ihre Schwelle getreten. Sie erschrickt vor der schmutzigen Gestalt, die das kleine Vorzimmer auszufüllen scheint. Er hält ihr seine Handfläche entgegen, und sie legt das Schächtelchen hinein. Er grinst und bedankt sich mit einer übertriebenen Verbeugung. Weg ist er und hinterläßt nichts als Schmutz auf ihrem Linoleum. Gleich wischt sie mit einem feuchten Lappen über den Boden und denkt dabei, daß es gut sei, Streichhölzer im Hause zu haben.

Sie hat nun nicht mehr die Ruhe, am Seidenkleid weiterzunähen. Es ist auch Zeit fürs Mittagessen. Danach setzt sie sich wieder an den Arbeitstisch, näht einen Reißverschluß in die Hose ihres Schwagers und wagt sich noch nicht an das Seidenkleid, da sie fürchtet, nicht die nötige Ruhe und Aufmerksamkeit für das kostbare Stück aufzubringen. Gedämpft hört sie das Rumoren und Klopfen der Arbeiter an der Ostseite.

Gegen drei Uhr nachmittags schellt es schon wieder. An der Tür steht der bekannte Arbeiter. Er fragt sie, ob sie ein paar Minuten für ihn Zeit habe. Sie kann vor Überraschung nicht antworten. Dann wischt sich der Mann über die Stirn, als müsse er sich etwas beinahe Vergessenes wieder ins Gedächtnis rufen. Fräulein, gestatten Sie, fährt er fort, Leimer Max mein Name. Sie ist unsicher, was es darauf zu sagen gebe, weicht einen Schritt zurück und murmelt: Angenehm.

Schnell folgt er ihr und sagt, sie möge nicht erschrekken. Er habe sie gleich vom ersten Augenblick an sympathisch gefunden. Er habe sich gedacht, daß sie beide allein seien und daß das nicht gut sei. Er habe sich also überlegt, ob es nicht besser sei, wenn sie zusammenkämen. Er suche nämlich eine Frau und er meine es ganz ernst.

Sie mustert ihn. Der Mensch, schmutzverkrustet, graue Haarborsten in der Stirn, ängstigt sie trotz seines Lächelns. Sein Geständnis wirkt auf sie wie ein Angriff. Seine mächtige Gestalt droht von ihr und der sie umgebenden Luft Besitz zu ergreifen. Sie wünscht ihn so rasch wie möglich aus dem Zimmer. Wie kommt er dazu, sie mit einem solchen Angebot zu überfallen? Sie kennt ihn ja nicht. Schließlich muß sie sich die Augen reiben: War sie überhaupt wach?

Er beteuert noch einmal, daß er es ehrlich meine. Rasch sagt sie, daß sie darüber nachdenken müsse.

Einverstanden, erwidert der Eindringling, bis wann?

Bis morgen, antwortet sie zu ihrer eigenen Überraschung.

Also bis morgen. Max Leimer scheint es zufrieden. Er setzt seine Arbeitsmütze auf und geht. Sein runder, breiter Rücken, den sie als letztes sieht, ist rührend und tölpisch zugleich. Sie hört seine Schritte auf den Stufen, und ihre Furcht vor ihm schwindet. Von hinten hat er wehrlos ausgesehen. Oder gutmütig. In seinen Rücken hat sie Vertrauen gefaßt. Doch ihn heiraten! Sie lacht. Überhaupt heiraten! Sie schüttelt den Kopf: ein sonderbarer Kauz.

Sie schließt die Tür und entdeckt den schmutzigen Abdruck seiner Schuhe, der heute schon zum zweiten Mal auf ihrem braungesprenkelten Bodenbelag klebt. Zum zweiten Mal wischt sie ihn weg.

Inzwischen sind die Arbeitsgeräusche an der Außenwand verstummt. Das Fenster wagt sie noch nicht zu öffnen, weil sie nicht weiß, ob die Arbeiter schon Feierabend machen.

In der Küche trinkt sie ihren Nachmittagskaffee und verschlingt mit Appetit beide Mohnkronen. Daraufhin wird ihr schlecht. Das ist kein Wunder nach so vielen Aufregungen und soviel Mehlspeise. Sie legt sich auf die Couch und macht ihre Augen zu, trotzdem tanzen Nadeln, Zwirn, Maßbänder, Scheren, Seidenkleider und der Maurer noch lange hinter ihrer Stirn.

In dieser Nacht liegt sie lange wach. Sich vorzustellen, bald nicht mehr allein zu sein, läßt es wie Leuchtgarben eines Feuerwerks in ihrem Kopf herumschießen. Zu allem Überfluß ist Vollmond, dessen kaltes, weißes Licht durch die Gardinen fällt, ihre Nähmaschine und die zur Änderung gestapelten Kleidungsstücke zu bizarren Monstern formt. Sie schläft in ihrer Werkstatt, obwohl sie ein Schlafzimmer hat. Darin stehen noch die Ehebetten ihrer Eltern. Das Schlafzimmer ist der am schönsten gelegene Raum der Wohnung, nach Südosten, mit Aussicht auf Nadelwälder und Hügelrücken, überlegt sie sich. Der Fluß rauscht daran vorbei. Mit Max Leimer würde sie in das Schlafzimmer einziehen. Aufgeregt schlüpft sie aus dem Bett, fröstelt auf dem glatten Linoleum. Sie öffnet die Tür zum Gang, der zum Abort und zum Schlafzimmer führt. Sie kommt selten in den Raum, und nur um zu lüften. Vielleicht brauchen sie neue Matratzen? Jedenfalls muß sie Staub wischen und die Messinggestänge der Betten blank polieren, auch den Spiegel und die Glasplatten auf den Nachtkästchen müssen geglänzt werden. Die Teppiche, die eingerollt liegen, sollen geklopft werden. An das alles denkt sie, als sie sich auf nackten Sohlen durch den Gang zum Schlafzimmer tastet. Sie braucht kein Licht aufzudrehen. Durch die vorhanglosen Scheiben dringt milchiges Mondlicht und legt sich auf das Laken, das den Spiegel verhüllt, und auf das breite Bett. Das Messinggestänge schimmert golden. Auch auf dem Fluß schwimmt das Mondlicht und gleißt und blendet beinahe. Sie öffnet das Fenster. Die frische Nachtluft riecht nach Fisch und ein wenig nach Abwässern.

Die Eltern kann sie sich nicht in den Betten vorstellen. Sie hat sie nie darin liegen sehen. Das Schlafzimmer war immer aufgeräumt gewesen, es hat auch zu ihren Lebzeiten nicht bewohnt gewirkt. Sie schließt das Fenster nicht mehr, trippelt auf Zehenspitzen zum verhängten Spiegel, stellt sich ganzsohlig auf den Fußboden; sie fröstelt. In der Staubschicht würden morgen ihre Fußabdrücke zu erkennen sein. Hier gibt es viel zu tun, schon morgen in aller Früh will sie mit der Arbeit beginnen. Sie schleicht zurück. An ihren Fußsohlen schaben Staubkörner. Also muß sie sich noch die Füße waschen. In einem Lavoir mischt sie heißes mit kaltem Wasser, setzt sich auf einen Schemel und stellt die Füße in die laue Wärme. Dabei fällt ihr ein, daß sie sich um Mitternacht noch nie die Füße gewaschen hat. Sie angelt sich ein Handtuch und stellt die Füße auf das weiche Frottee. Ihr Fuß mit dem kürzeren Bein ist schmal und bläulich, wie knochenlos liegt er in ihren Händen. Die Haut auf der Sohle ist dünn und glatt wie Seidenpapier. Nur an den Ballen hat sich eine gelbe Hornhaut gebildet. Mit diesem Fuß tritt sie nur auf Zehenspitzen auf, beim Gehen fährt er wie ein Schnabel auf den Boden los, und ihr Körper knickt auf ihm ein. Das kranke Bein reicht dem gesunden nur bis zum Knöchel. Das ist durch kein Strecken auszugleichen.

Als ihre Eltern noch lebten, mußte sie orthopädische Schuhe tragen. Der eine mußte die fehlende Länge des kranken Beines durch eine hohe, blockartige Sohle ausgleichen. Dieser Schuh machte sie zum Gespött der Klasse. Irgend jemand hatte entdeckt, daß ihr Blockschuh wie ein Sarg aussähe. Erst seit Vater und Mutter tot waren, hat sie sich ihres »Sargschuhs« entledigen können und war, auffällig hinkend, an Marthas Arm den Särgen der Eltern auf den Friedhof gefolgt.

Als sie endlich wieder im Bett liegt, denkt sie an ihre Schwester. Sie muß Martha gleich morgen von ihren Heiratsabsichten erzählen. Der Gedanke daran befriedigt sie. Endlich kann sie mit einem Erfolg aufwarten, den ihr niemand zugetraut hätte.

Sie erwacht immer zur gleichen Zeit. Sofort hört sie ein Schaben an der Außenmauer. Der Baulärm, der sie auch gestern in ihrer Frühstücksruhe gestört hat, belästigt sie heute schon beim Augenaufschlagen. Sie hängt ihre Beine über die Bettkante und erinnert sich an gestern. Sie hat mit Leimer keine Uhrzeit vereinbart. Wann würde er wiederkommen? Vielleicht schon vormittags? Oder würde er sie gar abpassen, wenn sie das Haus verließe? Oder sie auf der Straße stellen? Es war dumm von ihr, alles in der Schwebe zu lassen. Nun ist sie dem Zufall ausgeliefert.

Dann ist da noch Lottes Seidenkleid, das sie für heute vormittag versprochen hat, sie erinnert sich. Es würde abgeholt werden.

Draußen hämmern und schlagen sie. Sie ist noch im Nachthemd und stellt sich vor, daß unter ihrem Fenster schon ihr Bräutigam – das Wort wirbelt in ihr – steht und heraufschaut und auf ein Zeichen wartet.

Auf dem Küchenherd wärmt sie Wasser, zieht unter dem Tisch das Stockerl hervor, auf das sie das Lavoir stellt, legt Seifenschüssel und Waschlappen bereit, auch das Handtuch in Griffnähe. Das geht ihr flugs von der Hand. Sie schlüpft aus dem Nachthemd und beugt ihren Oberkörper über die Schüssel, taucht ihre Unterarme und Ellenbogen ins Wasser, beginnt sie mit dem

Lappen abzureiben, dann einzuschäumen und schaufelt mit gehöhlten Handflächen das Wasser über Brust und Oberarme. Fröstelnd greift sie nach dem Handtuch. Der Fußboden ist naß geworden. Sie tunkt die Lachen auf und wischt gleich den ganzen Boden in der Küche sauber. Wieder erhitzt sie Wasser, filtert damit ihren Kaffee, den sie sich mit einem Marmeladebrot schmekken läßt.

Später öffnet sie auch den zweiten Fensterflügel in der Werkstätte. Sie sieht das Kirchenschiff und die Türme, den Trakt der Strafanstalt und auf der Wiese Bretter und Eisenstangen, Werkzeug und Kübel, auch Zuber, die gestern noch nicht hier waren. Nun biegen zwei Arbeiter um die Ecke, zwei von denen, die sich seit gestern an der Vorderfront ihres Wohnhauses zu schaffen machen. Offenbar will man ihr Haus von allen Seiten eingerüsten, rundherum verschönern; nicht nur die Vorderfront soll sich sehen lassen können. Auch auf der Nähzimmerseite würden die Gerüste hochgezogen werden, über die Fenster hinauf, und der Staub würde durch alle Ritzen dringen, und die Männer würden vor ihren Augen herumturnen und den Mörtel auftragen, nachdem sie zuerst unter Schaben und Klopfen den alten Verputz bis auf die Ziegel heruntergeschlagen hätten. Das ängstigt sie, deshalb spricht sie sich Mut zu, wird aber trotzdem ein Gefühl der Bedrängnis nicht los, als würde ihr etwas Fremdes auf den Leib rücken; obwohl sie ja, das darf sie nicht außer acht lassen, bald nicht mehr schutzlos dasteht. Max Leimer könnte von ihr weg aus dem Fenster hinausgehen, und schon wäre er an seinem Arbeitsplatz. Das ist zum Lachen. Und ihre Hochzeit? Die würde wohl noch ihre Zeit brauchen. Wir müssen das Aufgebot bestellen, denkt sie, und unsere beiden Namen werden den aufmerksamen Dorfbewohnern drei Wochen lang vor Augen stehen, die Leute werden überlegen und spekulieren, und vielleicht werden sich auch Einwände gegen meinen Bräutigam finden ... Inzwischen wird die Eingerüstung weitergehen.

Nun steht ihr Werkstättenfenster sperrangelweit offen, die Fensterflügel hat sie ordnungsgemäß arretiert. Aber das paßt ihr nun wieder nicht, ja, es beunruhigt sie sogar, denn sie wagt nicht mehr, es zu schließen, weil die Fensterläden scheppern und quietschen und sie die Arbeiter, die jetzt da unten schaffen, mit ihrem Hantieren alarmieren würde, sie zumindest aber hochfahren und aufschauen ließe. Vielleicht wissen sie schon von Leimers Antrag und warten darauf, sie in Augenschein zu nehmen, zu bekritteln oder zu belächeln. Ihres Spottes könnte sie sicher sein, wenn sie sich, aus dem Fenster gebeugt, von unten aus unvorteilhaftem Blickwinkel zeigte. Ihr nach unten geneigtes Gesicht mit den strähnigen Haaren gliche dem einer Greisin und stieße die da unten ab.

Sie sollte schon unterwegs sein; doch Lottes Kleid ist noch nicht fertig. Roswitha hängen noch die Haare lose um die Schultern. Einzelne Strähnen klatschen ihr ins Gesicht. Sie muß sich an den Tisch zum Seidenkleid setzen, obwohl sie sich nun durch das offene Fenster auch hier von der Öffentlichkeit bedroht fühlt. Die Gerüste würden ihr bald über die Schultern blicken. Der braune Crêpe de Chine mit den goldfarbenen Streublümchen gleitet über ihren Handrücken, durch ihre Finger, entzieht sich ihnen, läßt sich von ihnen nicht bemächtigen. Die unbotmäßige Seide in ihren fahrigen Fingern, die zitternde Nadel verfehlt die Stelle, ein Stich in den linken Zeigefinger, Blutstropfen ... Wieder hat sie Angst. Hier sitzt sie also am offenen Fenster; sie wünscht es sich geschlossen. Es ist zum Verrücktwerden: Im Vorzimmer, wo es ihr lieb wäre, wenn es offenstünde, ist das Fenster zu. Solange sie jedoch rund um das Haus Arbeiter vermuten muß, wagt sie nicht, an den Fensterflügeln zu hantieren. So stellt sie sich einen Belagerungszustand vor; Belagerer, die immer näher rücken, nach ihr greifen, werden sie noch dazu treiben, aus dem Fenster zu springen; das ist das einzige, was ihr bleibt, denn durch das Haustor ins Freie zu gelangen, traut sie sich nun auch nicht mehr. Wenn sie aber aus dem Fenster hinausginge, von oben käme, hinstürzte auf die Belagerer – das würde allem ein Ende bereiten ...

Sie steht auf und geht auf ihre Haare los, auf ihre frisurlose Haartracht. Die muß sich ändern. Jeder Mann legt auf ein gepflegtes Äußeres seiner Frau Wert. Die meisten schätzen Locken. Wieder erschrickt sie vor dem Spiegel: Wie sehe ich aus! Sie bändigt die Strähnen, streicht sie aus dem Gesicht, knäult sie mit Haarnadeln im Nacken zu einem Knoten. Das Ergebnis bekümmert sie. Leimers Antrag ist eine Narretei. Sie drückt die Hände an die Schläfen, verschränkt ihre Finger über der Stirn. Endlich zeigt ihr der Spiegel ihre makellosen Hände. Sie streckt die Arme gegen das Glas aus, ihre Gestalt wird undeutlich. So entkommt sie ihrem kargen Gesicht. Es verliert sich. Ihre gespreizten, biegsamen, weißen und gazellenschlanken Finger zaubern ein zartes Antlitz mit glatter Stirn und herzförmigen Lippen auf die spiegelnde Fläche. Ihre eigene Physiognomie mit der Runzelstirn und der kantigen Nase hat sich davongemacht.

Diese Hände würden schon zupacken können, das Glück festhalten, das nun offensichtlich auf sie zukommt; und auch ihre Arbeit würden diese Hände weiterhin zur vollen Zufriedenheit erledigen. Wie hat sie nur so leicht ihr Zutrauen verloren, wie sich so zuinnerst verstören lassen! Sie setzt sich wieder an den Tisch zum Seidenkleid und zuckt nur anfangs bei den Hammerschlägen von draußen zusammen; die Stimmen der Männer hört sie nur noch ganz von ferne. Die Arbeit geht ihr wieder von der Hand, die Seide schmiegt sich ihr wieder an ihren Handrücken und kommt ihr entgegen, die Stiche gelingen, sind unsichtbar wie gefordert. Zwischen den Stichen, über dem Crêpe de Chine, läßt sie sich von ihren Träumen leiten; mit ihren Plänen schreitet auch die Arbeit fort; sie träumt, sie nähe sich ein Hochzeitskleid. Eines aus Seide. So wird der Saum fertig. Dann bügelt sie das Kleid, hält es mit ausgestreckten Armen vor sich hin, schüttelt es, bewundert den makellosen Fall des Jabots. Ob ihr so ein Schnitt stünde? So etwas Welliges unterhalb ihres Kinns? Wie würde sie sich da vorkommen?

Sie schiebt das Kleid auf einen Bügel und hängt es auf einen der Haken neben der Tür, auf denen die fertigen Stücke ihren Platz haben. Das Einkaufen will sie nun nicht mehr hinausschieben. An Max Leimer will sie nicht mehr denken, bis er wieder vor ihr steht. In der Erinnerung scheint ihr jetzt auch der nächtliche Ausflug ins Schlafzimmer peinlich.

Sie verläßt die Wohnung und stolpert über die Stufen; das Haustor steht offen. Eine Helle liegt vor dem Ausgang wie ein freundlicher Teppich, auf den sie hart und hackend tritt. Sie sieht die Maschinen vor dem Haus, die Sandhaufen und Zementsäcke. Das Gerüst ist ohne Arbeiter.

Als sie zurückkommt, ist der Platz immer noch menschenleer. Möglicherweise spielt sich alles auf der anderen Seite ab, wo noch das Fenster offensteht. Sie hetzt in die Wohnung und rennt ins Zimmer. Tatsächlich ist hier ein Klopfen und Schleifen zu hören, gelegentlich auch ein Rufen. Das Fenster haben sie aber noch nicht erreicht. Sie humpelt hin. Unter ihr liegen die Bohlen schon zum Greifen nahe. Eiserne, senkrechte, leiterartige Halterungen streben beidseits ihres Fensters hinauf bis unter das Dach. Zwei Männer plagen sich gebückt an der untersten Bretterlage. Andere stapeln auf der von Lastautos und Baumaschinen zermalmten Wiese weitere Bohlen. Als sie die Fensterflügel vorsichtig zuzieht, schauen die Männer herauf; sofort erkennt sie Max. Er grüßt sie. Sie denkt gleich an ihre Frisur, aus der sich schon wieder eine Haarsträhne gelöst hat und über ihre Wange schattet, wahrscheinlich wie ein Schnitt. Rasch streicht sie die Haare zurück und läßt dabei die Fensterhalterungen los, die quietschend schaukeln. Sie versucht zu lächeln. Leimer nickt und winkt noch immer, als sie das Fenster schon geschlossen hat, aber dahinter stehengeblieben ist.

Nun stößt sie die Flügel im Vorzimmer auf. Sie reißt auch die Küchentür sperrangelweit auf, um in das Gewölbe frische Luft einzulassen. Dann erst schichtet sie in Eile die gekauften Lebensmittel in den Kühlschrank und in die Kredenz. Jeden Augenblick kann Lotte kommen.

Endlich steht Lotte – stürmisch klingelnd – vor der Tür. Sie habe heute wenig Zeit, stöhnt sie gleich beim Eintreten. Hoffentlich hast du alles fertig. Roswitha bietet ihr trotzdem eine Tasse Kaffee an oder ein Gläschen Wein. Lotte blickt unruhig nach der Uhr, sie glüht vor Erwartung. Roswitha will sie zum Reden bringen, um hinterher, wenn sie sich leer erzählt hat, auch mit ihrer Geschichte zu Wort zu kommen. Keine Zeit, keine Zeit! ruft die Freundin. Aber geh, sagt Roswitha und bringt rasch Wein und Gläser herbei, Lotte fuchtelt abwehrend mit ihren Händen, setzt sich dann aber doch und streicht sich ein ums andere Mal über ihre kunstvolle Frisur, die an ein aus roten Haaren gerolltes Schneckenhaus erinnert. Roswitha bewundert und beneidet sie. Sie hat immer etwas zu erzählen. Die Freundinnen stoßen mit ihren Gläsern an; auf deine Neuigkeit, sagt Roswitha und denkt an die ihre. Sie habe anschließend eine wichtige Verabredung, antwortet Lotte. Roswitha bringt das Seidenkleid. Während Lotte sich hinter dem Paravent umzieht, erfährt sie, daß die Freundin vom Oberschulrat Hingerl angerufen worden ist. Ich muß mir auch ein Telefon legen lassen, denkt Roswitha. Stell dir vor, sagt Lotte, er hat ein historisches Trauerspiel zum 1000-Jahr-Jubiläum unseres Dorfes verfaßt, das er im Pfarrsaal aufführen lassen will. Das ist nichts gegen meine Neuigkeit, denkt Roswitha. Der Pfarrer ist schon in seinen Plan eingeweiht und damit einverstanden, ruft Lotte hinter der spanischen Wand. Er wird an den folgenden Sonntagen eine Kollekte zur Unterstützung des

Theaterprojekts veranstalten. Auch der Bürgermeister sei von der Idee begeistert und habe finanzielle Hilfe versprochen. Roswitha hat nicht richtig zugehört, denn sie ist in Gedanken bei ihrer Sache, die sie der Freundin nachher unbedingt erzählen muß. Lotte kommt hinter dem Paravent hervor, breitet die Arme aus: Endlich eine Aufgabe! Roswitha versteht nicht, was sie meint. Lotte zeigt ihr den Rücken, und Roswitha knöpft den Verschluß zu. Zwölf kleine Knöpfe zwängt sie durch die Knopflöcher. Er sagt, ich sei die Richtige, beginnt Lotte wieder, drängt zum Spiegel, hebt und senkt langsam die Arme, biegt sich in der Taille, verschränkt die Hände in ihrem Frisurturm und lächelt sich zu. Roswitha tritt hinter die Freundin, zupft am Ärmel und streicht über Schultern und Hüften. Sie lächelt auch und denkt an Max. Ihre Finger strahlen weiß und schmal auf der braunen Seide. Ich habe schon immer eine Begabung für die Schauspielerei gehabt, du erinnerst dich? fragt Lotte. Roswitha legt ihre Hände an Lottes Taille. Im Spiegel sieht sie ihre Finger wie eine zierliche Gürtelschnalle um die Mitte liegen. O ja! ruft sie und muß sich räuspern. Du warst schon in unserem Schultheater der Star. Lotte dreht sich um, umarmt sie und flüstert: Er sagt, ich sei zur Schauspielerin geboren! Wer? fragt Roswitha zerstreut. Der Oberschulrat natürlich; der sich an ihre schulischen Leistungen erinnere, obwohl er damals noch ein ganz junger Lehrer gewesen sei. Unvergeßlich, nennt er meine Auftritte! Endlich begreift Roswitha. Lotte soll in Hingerls historischem Trauerspiel eine Rolle spielen. Die Hauptrolle, betont sie. Was sagt dein Mann dazu, fragt Roswitha – immer noch hofft sie auf eine Überleitung. Der Hermann, antwortet

Lotte und betrachtet sich versonnen im Spiegel, hat heute Nachtdienst. Bist du mit dem Kleid nun zufrieden? fragt Roswitha. Ja, es paßt. Nur die Farbe! Das Braun sei doch recht langweilig. Nächstens trage sie alles in Rot!

Nun ist Roswitha dran. Es drängt sie, von Max Leimer zu erzählen. Aber Lotte will wissen, wieviel sie ihr schulde. Roswitha beteuert, das sei nicht eilig. Stell dir vor, fängt sie an. Nein, nein, widerspricht Lotte, sie will nichts schuldig bleiben. Wieviel also? Roswitha nennt rasch einen Betrag. Sie setzt wieder an: Heute, stell dir vor ... Lotte legt das Geld hin, es ist mehr, als die Schneiderin verlangt hat. Gestern auf einmal, stottert sie. Lotte packt ihre Tasche. Das Kleid hole ich mir später ab. Dann erzähle ich dir, wie es war. Sie ist schon an der Tür, ruft noch über die Schulter: Drück mir die Daumen! Ein roter Seidenschal, den Roswitha noch nie bei ihr gesehen hat, flattert in ihrem Rücken, als sie die Stufen hinunterrennt.

Sie hat noch Lottes Gesicht, das immer voll Farbe und Frische ist, vor sich, als sie am Spiegel vorbeimuß. Sie duckt sich. Ihrem Gesicht will sie jetzt nicht begegnen. Ein wenig könnte sie vielleicht von der Freundin lernen: Etwas Rot auf die Wangen und einen Lippenstift, das würde auch sie hübscher machen. Lottes Hände allerdings, sie lächelt, als sie daran denkt, sind plump. Die kurzen, fetten Finger stoßen sie ab. Meistens fuchtelt Lotte mit den Armen, so daß ihre Hände im Gewoge der weiten Ärmel und Rüschen untergehen.

Sie hört wieder Hämmern. Es geht gegen Mittag. Höchste Zeit, sich das Essen zu richten. Sie ist müde, gerne hätte sie sich jetzt ein wenig ausgeruht. In der Küche, die sie immer an eine Höhle erinnert, ist es kühl. Sie ist ihr vertraut seit ihrer Kindheit. Die Mutter hat manchmal nach mehr Licht und Luft beim Kochen verlangt, wenn der Braten duftete oder die Zwiebeln rösteten oder die Weihnachtsbäckerei glasiert wurde. Für sie als Kind war es immer sehr angenehm in diesem von schweren Gerüchen erfüllten Dämmern gewesen. Dort hockte sie gern zu Füßen der Mutter auf einem Schemel. Früher sind wir zu viert um den Tisch gesessen, der mit seiner Längsseite an der Wand steht, erinnert sie sich, sehr eng ist der Platz zwischen Kredenz und Wand. Als wären wir gebündelt, so könnten wir von weitem an unserem Mittagstisch ausgesehen haben. Unser vierköpfiges Über-den-Tisch-Beugen. Unsere Schultern stießen aneinander. So lernten wir es, rücksichtsvoll und vorsichtig unsere Suppe auszulöffeln. Ein unbedachtes Messerzücken hätte den anderen angerempelt, beim nächsten die Suppe verschüttet und den letzten vielleicht sogar vom Stuhl gestoßen. Unsere Mahlzeiten sind schweigend eingenommen worden. Schon wenige Erzählsätze, und eine spontane Geste hätten die Ordnung bei Tisch gestört.

Soeben ist er gegangen. Die Türklinke muß vom Druck seiner Hand noch warm sein. Plötzlich, als er schon einen Fuß aus der Tür hatte, fiel ihm noch etwas ein. Er ist auf der Schwelle stehengeblieben und hat die Klinke an seinem Handballen warm gerieben. Aber er würde bald wieder hiersein. In einer Stunde spätestens. Hat sie das so gewollt? War es das, was sie gewollt hat? Oder ist sie dazu gebracht worden, seinen Willen zu wollen? Von ihm? Oder von ihrer Angst, ihrer Unfähigkeit, nein zu sagen? Sie hätte sich noch einen Tag Bedenkzeit erbitten sollen. Immerhin hat er ihr alles erklärt; heute noch wolle, ja müsse er bei ihr einziehen, und sie hat zugestimmt, hat ja gesagt, obwohl er ihr immer noch fremd und noch fremder geworden ist, während der Sätze, die sie miteinander gesprochen haben und an die sie sich im Wortlaut nicht mehr erinnert. Dennoch hat er sie offenbar überzeugt – oder nur betäubt? Wird sie jetzt wieder nüchtern? Nein, sie müßte sich für unbarmherzig halten, wenn sie einen wie ihn – und da sie doch grundsätzlich entschlossen ist, ihn zu heiraten – nicht bei sich wohnen und ihn draußen in der Baracke bei Ungeziefer und überhaupt im Elend verkommen ließe.

Solange er vor ihr stand, leuchtete ihr alles ein. Alles war klar. Doch kaum hatte er die Tür hinter sich geschlossen und wieder seine schmutzigen Schuhe auf ihrem Linoleum abgetreten und kaum hatte sie sich wieder, zum Wischen, bücken müssen, wurde sie unsicher und hätte über alles lieber noch einmal geschlafen ...

Sie muß nun in aller Eile das Bett für ihn bereitmachen. Sie ist entschlossen, ihn zunächst allein im Schlafzimmer nächtigen zu lassen. Erst als Ehefrau wird sie sich an seine Seite legen. Bis dahin will sie ihn als ihren Untermieter betrachten. Dieser Gedanke beruhigt sie halbwegs. Sie hat für ihr Zusammenleben eine vorläufige Form gefunden. Im Schlafzimmer nimmt sie die weißen Tücher von den Möbeln und den Betten. Kissen und Tuchent schichtet sie auf das Fensterbrett. Und alles in fliegender Eile. Sie wischt auch den Boden auf, entrollt die Teppiche, die eigentlich geklopft gehörten; doch dazu ist jetzt keine Zeit. Vielleicht ist Max einmal hierzu bereit. Sie weicht dem dreiteiligen Spiegel aus, doch der umzingelt sie. Daß sie sich dem Spiegel gegenübersieht und sich ihm nicht entziehen kann, weil er sie in seiner Dreiteiligkeit überallhin verfolgt, sie von hinten wie von vorne, bald von der rechten und bald von der linken Seite zeigt, wenn sie den Blick nur ein wenig vom Fußboden und dem Putzlappen hebt, verstört sie. Sie hat stets vermieden, Hände, Beine, Kopf als etwas Ganzes, sie Darstellendes anzuschauen. Sie hat von sich immer nur einzelne Körperteile im Auge. Doch dieser Spiegel zeigt ihr unvermittelt ihre ganze Gestalt. Ihr Spiegelbild brennt sich durch ihre Hoffnungen und Ängste. Und alles steht in Flammen. Feuerwehr, denkt sie. Ich bin komisch. Und sie streckt ihre immerschönen Hände vor sich hin und beschwört ihr Ebenbild. Zwar recken sich die Hände dem Glas entgegen, bewegen sich als Vorhut vor ihrem Körper, doch der bleibt in seiner Kümmerlichkeit bestehen, und die Hände mit ihrer Schönheit und der Feingliedrigkeit der behenden Finger, mit den wohlgepflegten Nägeln, sind machtlos gegenüber ihrer krummen Leiblichkeit, die sich vordrängt, ohnmächtig auch gegenüber ihrem spitznasigen Gesicht mit den fallenden Mundwinkeln: Indem sie das Brautgemach, dieses Wort fällt ihr tatsächlich ein in diesem Moment – sie muß es einmal gelesen haben –, das Brautgemach, ja, es kommt im Märchen vor, ihr Brautgemach zurechtrichtet, verdorrt sie, die Braut, zur Vogelscheuche. Sie lacht und lacht. Das macht sie nicht froh. Sie krümmt sich über ihr Tuch, kniet hin auf den glatten, gewachsten Bretterboden, poliert ihn, mit Knien und Händen auf dem Lappen rutschend, immer den Blick auf die Bretter, den Lappen und die Hände geheftet. Dann erhebt sie sich, die Knie schmerzen, sie hinkt ans Fenster, wedelt das Staubtuch hinaus, geht dem Spiegel aus dem Weg. Wieder hofft sie. Es mußte doch nicht unbedingt ein Bildhauer sein. Vielleicht würde auch ein Maurer für ihre makellosen Hände einen Sinn haben. Sie öffnet den Kleiderschrank. Auf die alten Mäntel blickt sie wie auf vergilbte Photos Verstorbener. Sie holt Pappkartons und schichtet ein Abteil des dreiteiligen Kastens frei, für ihn, für Max. Anzüge des Vaters kommen zum Vorschein, und mit ihnen stehen die Anlässe vor ihr, zu denen er sie getragen hatte: der Hochzeits- und der Begräbnisanzug, der Werktagsanzug und schließlich der Sonntagsspaziergangsanzug, der braun ist. Auch das Feiertagskleid der Mutter aus dunkelblauem Wollstoff hält sie in Händen. Schließlich findet sie ihren roten Mädchenmantel mit dem weißen Kaninchenfellkragen. Als Siebzehnjährige hat sie den getragen. Schauriges Unglück steigt aus ihm auf: pubertäre Müdigkeit und Lebensunlust; nicht mehr dasein wollen. Die Schachtel ist schwer geworden. Sie schleift sie in den Gang und schiebt sie unter eine Stellage. Dann wischt sie die Schrankfächer sauber.

Kissen und Decken sind nicht mehr die besten, gewiß. In der Tuchent klumpen die Federn, der Polster ist pampfig; vielleicht würde er Alpträume verursachen. Sie wird diese Mängel rasch beheben. Vielleicht schon morgen. Doch das Morgen erschreckt sie. Sie bezieht Kissen und Bettdecke mit geblümtem Bettzeug, legt und glättet sie ordentlich auf einer Hälfte des elterlichen Ehebettes. Sie denkt wieder daran, daß morgen ihre veränderten Umstände aller Welt sichtbar werden würden, nämlich, daß sie, Roswitha, die Krüppelin, einen

Mann bei sich aufgenommen habe. Was würde Lotte dazu sagen? Wenn sie doch zu Wort gekommen wäre, daß sie es ihr hätte erzählen können! Sie wird unruhig; aber sie sagt sich, daß nun nichts mehr zu ändern sei und daß das neue Leben versucht werden müsse und gemeistert. Immerhin ist Spannung in ihren Alltag gekommen. Es kitzelt sie ein Lachen, eine Aufregung wirbelt in ihr, sie schwitzt. Es geschieht ihr recht.

Auf dem Höhepunkt ihrer Erwartung steht Max an der Tür. Sie nimmt es als ein gutes Zeichen. Die letzte halbe Stunde hatte sie steif vor Spannung seiner geharrt. Sie hatte den Sessel im Nähzimmer nicht verlassen können. Die Arbeitsgeräusche an der Außenmauer waren verstummt, sie hörte Stimmen, das Auseinandergehen der Arbeiter. Nun entschied es sich, ob er käme. Sie erschrak über ihr besessenes Warten. Worauf wartete sie? Wußte sie, worauf sie wartete? Ob sie auf den Mann, den Max Leimer, wartete oder ob sie die Abwechslung, das Neue so erregte? Das war jetzt nicht zu klären. Sie starrte an die Tür, die bald aufgehen müßte, die Klingel würde läuten, sie würde Herein rufen ...; doch daß jemand hereinkommen würde, er, das stellte sie sich nicht mehr vor. Nur das Klingelzeichen, ein Klopfen, das Knarren der Tür, wenn sie sich öffnete, erwartete sie. Als sie die Spannung nicht mehr glaubte aushalten zu können, schnarrte die Klingel; da sprang sie auf, humpelte hin, versuchte sich vor der noch geschlossenen Tür eilig zu beruhigen. Da hatte Max schon die Tür aufgerissen und stand vor ihr. Sogleich fiel alles von ihr ab, vielleicht weil sie beinahe in die offene Tür gerannt wäre. Er war ja da. Eigentlich hätte er nicht kommen dürfen. Nach solchen

Augenblicken, die einem fast die Seele in Stücke rissen oder was sonst, darf es keine Erfüllung geben. Nur eine Enttäuschung wäre angemessen.

Schmutzig und lächelnd steht er vor ihr. Die vom Staub grauen Lippen ziehen sich über schwarzen Zahnstummeln zurück, er deutet eine Verbeugung an. Darauf also hat sie gewartet. Und ist das nun doch die Enttäuschung?

Roswitha bittet ihn herein. Ihre Stimme, noch ein wenig außer Atem, hat sie bald wieder in der Gewalt. Woher nimmt sie auf einmal die Sicherheit? Ich bin die Herbergsmutter, denkt sie. Ich habe das Dach, das Bett. Ich bin die Besitzende. Ich kann gewähren oder verweigern. Das klingt in ihren Worten und macht sie geschmeidig. Er tritt ein, und sie denkt gleich an die Schmutzspuren, die er wiederum auf ihrem Linoleum hinterlassen würde. Nun schon zum dritten Mal! Mit plötzlicher Hellsicht erkennt sie, daß sich durch ihn noch viele andere neue Unbequemlichkeiten in ihrem Leben breitmachen würden. Und sie verspürt einen leisen Grimm gegen seine Schuhsohlen. Sie führt Max ins Nähzimmer, in dem sie Nadel, Schere und Zwirn beiseite geräumt hat, und läßt ihn Platz nehmen. Er blickt um sich. Er muß sich erst zurechtfinden, denkt Roswitha, meine Werkstatt beeindruckt ihn. Sie schweigen. Roswitha fühlt die Stille peinlich werden. Da muß irgend etwas gesagt werden. Vom Wetter beginnt sie zu reden, und er stolpert ihr gleichzeitig seine Altweibersommeransichten entgegen; beide lachen, als sie den ersten Satz in einem unfreiwilligen Kanon zustande bringen. Dann ergibt schnell ein Wort das andere. Roswitha sagt, sie wolle es mit ihm versuchen, und stellt ihm ihre

Werkstatt vor. Und nach und nach die ganze Wohnung und sich selbst. Er erzählt von sich und der Baracke, in der er hausen muß. Roswitha geht ins Schlafzimmer, und er hinterher, immer von sich redend, und sie von der Wohnung, so daß es ihr im Kopf wirbelt und sie von ihm nichts im Gedächtnis behält als Baracke und unschuldig und hereingelegt und Schlampe. Schließlich stehen sie neben den Betten. Beide schweigen, Roswitha lächelt stolz, und Max schnauft. Da kann ich ja gleich bleiben, sagt er schließlich und grinst. Es nützt Roswitha nichts, daß sie von Herrichten und Putzen spricht. Er sagt auf ihre Einwände, die sie wohl auch zu wenig nachdrücklich vorbringt, nur »Aber geh, aber geh«. Auf diese Weise entkräftet er ihre Bedenken, und schließlich willigt sie ein und weiß nicht wie. Dann streckt er ihr seine Hand entgegen. Von diesem Handschlag hat sie sich freilich mehr erhofft. Seine rauhe und rissige Handfläche liegt auf ihrer feinen, schmalen. Nie hat sie ihre Hand als so zart und zerbrechlich empfunden. Fühlt er es? Fühlt er das Besondere ihrer Hände? Er hätte ihre Hand hochnehmen und betrachten, sie bewundernd gegen das Licht halten müssen. Daß nichts davon geschieht, ist eine wurmige Enttäuschung, die Roswitha sogleich verschluckt. Ich habe kein Bad, nicht einmal fließendes warmes Wasser, bekennt sie. Das schrecke ihn nicht, das könne er selbst einbauen. Da fühlte Roswitha plötzlich, was es heißt: ein Mann im Haus. Und sie schickt ihn fort, damit er seine Sachen aus der Baracke zu ihr bringe. Daß seine Augen wäßrig blau waren und seine Lidränder entzündet, fällt ihr ein, nachdem sie das Linoleum im Vorzimmer sauber gewischt hat und wieder ins Schlafzimmer eilt.

Max ist mit einem Pappkoffer, einem zerschundenen Ding, bei ihr eingezogen, und schon wieder fühlt sich Roswitha einen Augenblick beklommen. Bald aber freudig bewegt: Ein Mensch bringt seinen Koffer zu ihr. Das heißt, jemand kommt bei ihr an, jemand ist zu ihr unterwegs gewesen, hat ihretwegen den Koffer gepackt, ist mit diesem Gepäckstück den Weg zu ihr gegangen, hat ihn ins Haus und die Treppen heraufgeschleppt. Jetzt stellt er ihn vor sie hin. Noch nie, das fällt ihr jetzt ein, noch nie ist bisher jemand mit einem Koffer zu mir gekommen. Gleich ist sie neugierig: Was mag er enthalten? Mit einem solchen Zeug geht man heutzutage nicht mehr auf Reisen, und man quartiert sich damit auch nirgendwo ein. Aber das Ding, das eigentlich kaum besser als ein Pappkarton ist, steht nun einmal vor ihr. Wohin damit? Nichts als schmutzige Wäsche sei drin, erklärt Max. Er schleppt den Behälter in die Küche und macht ihn auf. Wüstes Durcheinander zeigt sich. Roswitha bückt sich, um die Wäschestücke zu ordnen. Max bleibt hinter ihr stehen und schaut auf die Buckelnde herunter. Schließlich stopft sie das Zeug mit dem scharfen Geruch in den Wäschekorb, in dem nun nichts mehr Platz hat. Das bedeutet für sie, daß sie am besten schon morgen den Ofen in der Waschküche einzuheizen hat, im Kessel Lauge zu erhitzen, seine Sachen auszukochen, zu bürsten, zu wringen, zu schleudern ... ein halber Tag würde da draufgehen. Sie schluckt ihren Mißmut hinunter und weist ihm im Korridor einen Platz für den leeren Koffer und zeigt ihm auch den Abort, der ohne Wasserspülung ist, statt dessen aber einen schweren Holzdeckel hat. Das Haus ist alt.

Das Schlafzimmer mit seinen hellen Möbeln und die Betten mit ihrem polierten Messinggestänge scheinen ihm zu gefallen; er betrachtet das Bild oberhalb der Betten, es ist das von sieben Flammenschwertern durchbohrte Herz Marias, und lächelt und meint, da passe ja seine Messersammlung ganz gut dazu. Max hat noch einen Rucksack umgehängt, den nimmt er sich jetzt von den Schultern, wirft ihn aufs Bett, öffnet ihn und zieht daraus einen Holzkasten, den er auf das Nachttischchen mit den zierlichen Messingbeinen und der Glasplatte stellt, klappt zwei Türchen auf, und Roswitha sieht darin in Lederschlaufen hängend und dicht an dicht Messer in verschiedenen Größen, Griffen und Formen. Alle aber blinken säuberlich poliert. Roswitha weiß nicht, was sie davon halten soll. Max fordert sie auf, sie solle schätzen, wie viele es seien, sie zuckt mit den Schultern und strengt sich an und nennt schließlich eine Zahl: Fünfzig, sagt sie. Achtundneunzig! trumpft er auf. Wozu? wundert sich Roswitha. Er spiele mit ihnen, werfe Figuren zum Zeitvertreib. Manchmal schleudere er sie auch um die Wette auf Zielscheiben. Er habe es darin zu einer gewissen Fertigkeit gebracht. Seine Treffsicherheit sei nicht leicht zu überbieten. Roswitha weiß nicht, was sie vom Steckenpferd ihres zukünftigen Mannes halten soll, glaubt aber mit leiser Befriedigung, daß Max kein gewöhnlicher Maurer sei, sondern sich durch sein Talent von den anderen unterscheide. Trotzdem will sie jetzt nichts Näheres darüber erfahren; später, denkt sie und führt ihn zurück in die Küche. Da packt er dann seinen Rucksack ganz aus. Er fördert noch zwei lange Hosen, ein sauberes Hemd und Unterwäsche zutage.

In Roswithas Küche fließt nur kaltes Wasser, und auch das erst seit vier Jahren. Die Installation hat sie damals eine Stange Geld gekostet. Vorher mußte sie jeden Tropfen Wasser fünfzig Meter entfernt vom Brunnen des Nachbarhauses holen. Das Fließwasser war ihr eine Weile wie ein Luxus vorgekommen, nun hat sie sich längst daran gewöhnt und bereits begonnen, sich über die Kosten für ein Bad Gedanken zu machen. Sie zeigt Max, in welchem Topf Wasser zum Waschen erwärmt, welche Platte des Elektroherdes dazu benützt wird, legt ein frisches Handtuch und Seife für ihn bereit, zieht das Lavoir unter der Kredenz hervor und stellt es auf das Stockerl. Max will sich waschen. Roswitha zieht sich in ihre Werkstätte zurück. Die Küche ist durch sein Hiersein noch kleiner geworden. Wenn er erst mit den Bräuchen ihres Haushalts vertraut sein wird, werden sie einander nicht mehr im Wege stehen. Diese Überlegung tröstet sie, während sie den Nähtisch mit einem hellen Tuch und zwei Weingläsern deckt. Dazu stellt sie einen Korb mit Salzbrezeln. Miteinander trinken sie die Flasche *Dürnsteiner Katzensprung* leer. Das geht schnell, obwohl Max eigentlich, wie er sagt, ein Biertrinker sei. Er ist auch ein Raucher. Das stört sie zwar, es läßt sich dagegen aber nichts machen. Noch ist ja Sommer, und das Fenster kann offenbleiben. Max erzählt aus seinem Leben. Roswitha hört ihm aufmerksam zu; es geht ihr aber alles so durcheinander, daß sie hinterher weniger von ihm zu wissen glaubt als vorher. Jedenfalls pflegt er um sechs Uhr aufzustehen, denn um halb sieben fängt seine Arbeit an. Roswitha will ihm das Frühstück machen, Kaffee oder was er wolle und Semmeln oder Kipfeln oder Brezeln. Sie verspricht ihm alles. Der Wein tut seine Wirkung. Max sei einmal mit dem »Gesetz in Konflikt« gekommen, wie er sich ausdrückt. Danach habe er seine Stelle als Streckengeher bei der Bahn verloren. Auch eine Frau, eine »Schlampe«, sei dabei im Spiel gewesen. Das bleibt Roswitha vage im Gedächtnis haften neben einem undeutlichen Mitgefühl, das ihn ihr näherbringt.

Sobald sie Max im Schlafzimmer weiß, strebt auch sie zu Bett. Der Nikotingeruch hängt noch im Zimmer und hindert sie eine Weile am Einschlafen. Trotzdem kommt sie zur Überzeugung, daß es doch besser sei, nicht allein in der Wohnung zu sein. Allerdings scheint vorderhand das Schlafzimmer gänzlich von der übrigen Wohnung abgetrennt und unbetretbar, sozusagen zu einem verbotenen Raum geworden. Und sie zu einer Unbefugten.

Daß sie nicht mehr allein ist, fühlt sie prickelnd auf ihrer Haut, als sie im Bett liegt und nicht aufhören kann, sich ihr Schlafzimmer vorzustellen, in dem die Schlafgeräusche eines Menschen zu vernehmen sein müßten. Das jahrzehntelang unbewohnte Zimmer enthält nun auf eine sie verwirrende Weise Leben. Dieses mit Atemgeräuschen erfüllte Zimmer hält sie wach, als ob des Mannes Atembrummen und andere unvorstellbare Töne über sie kommen könnten, sobald sie eingeschlafen ist, und die sie hochrütteln würden; oder es kämen Gerüche; Gerüche, mein Gott, Düfte würden sich aus seinem Bett auf und über ihre geschlossenen Augen ergießen, überflutet würde sie werden von außerordentlichen Fremdheiten. Wahrscheinlich würde sie erst mit seinen Atemgeräuschen leben können und vertraut werden, wenn sie neben ihm läge. Auch ihre Angst würde sich dann davonmachen.

Roswitha erwacht. Jemand, so glaubt sie zu fühlen, rüttle sie an der Schulter. Sie schreckt hoch und findet sich allein. Der Morgen dämmert. Dann hört sie etwas klappern. Eine Tür ist zugefallen oder zugeschlagen worden. Dann Schritte im Gang und das Quietschen der Aborttür. Er ist also schon aufgestanden. So, im Nachthemd mit der wüsten Frisur, kann sie ihm nicht unter die Augen treten. Sie sucht nach einem Kleid. Der Schlafmantel ist schon zu schäbig. Mit dem Kamm reißt sie an ihren Haaren. Jetzt hört sie aus der Küche ein Rumoren. Sie verheddert sich in den Ärmeln des Kittels. Wieder lösen sich Haarsträhnen; hastig schiebt sie einen Steckkamm in den Knoten im Nacken.

In der Küche, von der eine zur Hälfte glasgetäfelte Tür, über deren Scheiben ein geblümter Vorhang gezogen ist, ins Schlafzimmer führt, ist Max noch nicht. Das Frühstück will sie als erstes vorbereiten, besinnt sich aber anders und richtet zuerst die Waschgelegenheit. Max steht plötzlich vor ihr. Er trägt schon seine Arbeitshose, aber sein Oberkörper ist nackt. Roswitha schiebt rasch den Wassertopf auf die Herdplatte und möchte vor dem wolligen, blonden Brustgekräusel des Mannes davonlaufen. Doch sie bleibt und rückt das Waschstockerl für ihn zurecht. Hinter sich hört sie ein borstiges Rascheln, das ihr verrät, daß er sich über die Bartstoppeln reibt. Sie dreht sich um und drängt an ihm vorbei auf die Kredenz zu, er weicht einen Schritt zurück und steht nun eingeklemmt zwischen Schlafzimmertür und Tisch. Sie kramt im Schrank nach Kaffeehäferl und Besteck, schaut an ihm vorbei und fordert ihn auf, sich zu setzen. Das Wasser zum Waschen sei auch gleich fertig.

Wenn er sitzt, denkt Roswitha, werde ich mich gleich wiedergefunden haben. Sie zeigt Max noch einmal, wo er zukünftig Handtücher und Seifenschale, das Stockerl und das Lavoir finden würde. Währenddessen stellt sie alles bereit. Hin und wieder schielt sie in seine Richtung. Er sitzt stumm, reibt nur immer wieder über seinen Bart und seine Augen und fährt sich mit den Fingern durch die Haarstrubbeln. Er sieht anders aus als gestern, findet Roswitha. Er verliert das Fremde. Obwohl ihr sein Gesicht verändert vorkommt, glaubt sie doch, Bekanntes darin zu entdekken. Das Fremde hat sich über Nacht in eine vorsichtige Vertrautheit verwandelt. Er steht auf, streckt sich und zeigt ihr seinen kräftigen Nacken und seinen breiten Rücken, der von Sommersprossen übersät ist. Sie bedauert wieder, daß sie es mit dem Waschen so umständlich habe. Max wiederholt, was er gestern schon angekündigt hat, er selbst werde ein Bad einbauen. Roswitha fällt ein, daß ihre Wohnung eine ehemalige Pfarrerswohnung ist. Mit dieser Geschichte will sie ihn unterhalten, vor allem aber sich selbst von seinem nackten Oberkörper und dem Gekringel darauf ablenken. Doch als er sich über die Waschschüssel beugt und sich das Wasser mit gehöhlten Handflächen ins Gesicht schaufelt, zieht sie sich zurück.

In ihrer Werkstatt sitzt sie an der Nähmaschine seltsam untätig und denkt an seine verschlafenen Augen, den bettwarmen Körper mit seiner Behaarung und der honigfarbenen Sommersprossenlandschaft auf seinem

Rücken. Später steht sie auf, lüftet die Decken und schüttelt das Leintuch aus dem Fenster über die verlassenen Gerüste. Es kündigt sich wieder ein sonniger Spätsommertag an, die Wiesen sind noch naß vom Tau. Wann hat sie zuletzt so früh aus dem Fenster geschaut? Sie betrachtet die Wiese des Pfarrergartens, der mit einem Lattenzaun eingegrenzt ist, und seine Ribiselsträucher und Rosenbeete. Quer durch die Wiese ist durch die Bauarbeiten ein Trampelpfad entstanden, den sich drei Justizwachbeamte in moosgrünen Uniformen zunutze machen. Ihre Schildmützen sehen von oben wie die Deckel von Hutschachteln aus, die jemand den Männern in Faschingslaune übergestülpt hat. Roswitha freilich weiß, daß die Aufseher, die mit festen Schritten zu ihrem Dienstantritt unterwegs sind, vorschriftsmäßig adjustiert sind. Wenn man ihnen zu ebener Erde begegnet, unterstreichen die Mützen durchaus ihre Autorität und machen aus den Männern Amtsträger.

Im entfernteren Teil des Gartens zwischen blühenden Rosensträuchern ist der Pfarrer in schwarzer Soutane beim Brevierbeten. Roswitha spannt das Leintuch über die Matratze. Es klopft an der Tür. Leimer zeigt sich gewaschen. Er hat sogar das schmutzige Wasser weggeschüttet und Schüssel und Stockerl weggeräumt. Nur die Lachen glitschen noch auf dem Linoleum. Roswitha zieht einen Lappen aus dem Seitenfach und wischt den Boden trocken. Dann sitzen sie sich zum ersten Mal beim Frühstück gegenüber. Sie gießt Kaffee ein. Marmelade lehnt Max ab.

Immer noch hat er ihre schönen Hände nicht bemerkt. Auch nicht ihr zierliches Zum-Mund-Führen des Porzellanhäferls. Wenn sie Kaffee nachgießt, sind seine Augen auf den Strahl und nicht auf ihre Hände gerichtet, obwohl sie mit dem vorgestreckten Zeigefinger der rechten Hand auf den Bauch der Kanne tippt. Ist es möglich, daß er übersehen kann, wie gelenkig sich ihre Finger um das Porzellan der Kanne schlingen und sich ihr Weiß von der dunkelblauen Glasur abhebt? Nein, er hat kein Auge dafür. Daher ist es für sie auch nicht mehr überraschend, daß er den Kaffee schlürft und die Butterbrote laut und selbstvergessen in sich hineinmampft. Während des Essens hält er den Kopf tief gesenkt, so daß sie seinen Scheitel vor Augen hat. Weißschuppige Haut schimmert durch die ergrauten, früher wohl rotblonden Haare. Roswitha wird es schwer ums Herz. Später geht es ums Wirtschaftsgeld, in dieser Sache werden sie schnell handelseinig. Das läßt Roswitha wieder hoffen. Max holt gleich seine Geldbörse aus dem Schlafzimmer. Ungeniert öffnet er das Portemonnaie vor ihr. Sie sieht darin noch einige größere Geldscheine. Er klappt die Brieftasche zu und deponiert sie wieder im Schlafzimmer.

Damit ist es auch Zeit für Max, an die Arbeit zu gehen.

Roswitha sinnt vor sich hin. Jemand ist von ihr weg und an seine Arbeitsstelle gegangen. Der hat auch seine Barschaft bei ihr zurückgelassen. Und er wird wiederkommen. Schon mittags wird er wieder bei ihr sein. Und das von heute an jeden Tag. Von nun an muß ich auch für einen Mann kochen, sagt sie zu sich und erschrickt beinahe, der braucht etwas Deftiges, das Kraft und Ausdauer gibt, und gut gewürzt muß es sein. Darauf ist Roswitha nicht vorbereitet. Sie läßt alles liegen und stehen und blättert im Kochbuch. Für eine Weile vergißt sie alles andere, auch daß sie ihrer Schwester etwas von ihren Heiratsabsichten erzählen will.

Im Schlafzimmer steht das Fenster noch immer offen. Sie muß Max fragen, ob ihn das Rauschen des Flusses gestört und ob er den Schlag der Kirchturmuhr gehört habe. Roswitha will Max das Bett richten. Das ziemt sich, findet sie. Doch die Schlafstelle ist schon geordnet. Polster und Tuchent hat er glattgestreift. Das gibt ihr wieder Anlaß zum Nachdenken. Was bedeutet es, daß er sich selbst sein Bett gemacht hat? Ist es, weil er ihr als höflicher Mensch eine Arbeit abnehmen, ihr so wenig als möglich zur Last fallen will? Oder gibt er damit zu erkennen, daß sie sein Bett nichts angehe? Will er damit unausgesprochen zu erkennen geben: Bleib mir vom Leib?

Sie brauchte dringend Rat. Lotte, die die Männer kennt, fände das rechte Wort. Roswitha öffnet die Schranktüren. Max hat ein wenig Unterwäsche auf die Regale gelegt und zwei karierte Hemden. Ein grüner Lodenmantel hängt auf einem Bügel und eine braune Hose mit zerfransten Stoßborten und eingerissenen Taschen. Das wäre etwas für sie. Am liebsten hätte sie die Hose gleich aus dem Schrank genommen und sich damit an die Nähmaschine gesetzt. Sie traut sich aber doch nicht, bevor sie ihn gefragt hat. Schließlich hat er ja auch sein Bett selbst gerichtet. Sie schließt die Schranktür wieder und schaut aus dem Fenster. Der Fluß, die Hügel, die Aulandschaft liegen vor ihr und unterhalb ihres Fensters der schmale, weidengesäumte Uferweg. Vielleicht ist es nicht klug gewesen, auf dieses Zimmer zu verzichten. Es könnte ihr hier schon gefallen: die Aussicht, die Helle. Das Schlafzimmer hat von morgens bis mittags Sonne. Hat es der Pfarrer seinerzeit als Studierzimmer benützt? Es wundert sie immer mehr, daß sie den Raum die Jahre hindurch vernachlässigt hat. Und jetzt hat sie ihn aus der Hand gegeben.

Roswitha besinnt sich auf ihre Schwester. Sie läßt alles stehen und liegen und macht sich auf den Weg. Eine Aussprache mit Martha scheint ihr jetzt das wichtigste zu sein. Die Schwester wohnt auf einer Anhöhe, etwas außerhalb des Dorfes, in einem Einfamilienhaus, das sie und ihr Mann sich erspart und errackert haben. Im Vorgärtchen blühen allerhand Blumen, und Ziersträucher wachsen entlang des schmalen Weges zum Haus. Sie hat alles, denkt sich Roswitha, was sie sich wünschen kann. Ein eigenes Haus mit Garten, einen Mann mit einer sicheren Beamtenstelle bei der Post und einen Sohn, der bei einer Speditionsfirma in der Hauptstadt tätig ist und gute Chancen hat, dort einmal Prokurist zu werden. Das ist der Rahmen, in dem sich das Glück gern einfindet. Martha öffnet der Schwester die Tür und ist überrascht. So früh am Morgen, ganz aus der Zeit. Da muß sie ja erschrecken. Hättest doch angerufen, sagt Martha, ich bin ja gar nicht auf einen Besuch eingestellt. Martha tut immer, als wüßte sie nicht, daß Roswitha kein Telefon hat. Es ist ihr immer unbegreiflich, wie eine Geschäftsfrau, du bist doch eine Geschäftsfrau, wenn man es genau nimmt, ohne Telefon auskommt.

Das werde ich auch noch kriegen, sagt Roswitha und lächelt. Was ist los, fragt Martha, du grinst und reibst dir die Hände. Hast du etwas vor? Martha bleibt im engen Flur stehen und mustert ihre Schwester. Roswitha hätte es sich gerne bei ihr im Wohnzimmer gemütlich gemacht, vielleicht ein Tasse Kaffee getrunken, eine Zeremonie, die es ihr erleichtert hätte, der Schwester alles zu erzählen. Ja, antwortet Roswitha, ich habe etwas vor. Martha seufzt und sagt, dann gehen wir halt in die Küche, hier können wir ja nicht stehenbleiben, und dann schieß los. Die Küche ist nicht aufgeräumt, auf der Anrichte steht schmutziges Geschirr herum. Auf dem einzigen Stuhl türmt sich Wäsche. Martha nimmt den Packen und legt ihn auf das Fensterbrett. Setz dich. Roswitha, die sich eigentlich nicht setzen will, setzt sich. Sie muß sich ganz auf die Worte konzentrieren, mit denen sie Martha nun die Neuigkeit erzählen will. Sie bleibt am Fenster stehen und sieht die Schwester an. Martha war immer streng zu ihr gewesen, das machte wahrscheinlich der Altersunterschied von zwölf Jahren. Sie hat auch schon graue Haare, die fallen Roswitha heute zum ersten Mal auf. Sie ist eine alte Frau, denkt sie und schämt sich ihres Gedankens, als hätte sie über die Schwester zu anderen schlecht geredet. Roswitha fühlt sich plötzlich jung und irgendwie als Braut. Sie platzt heraus: Ich habe einen Mann. Das ist der falsche Satz und führt naturgemäß bei Martha zu Mißverständnissen, denn Martha lacht, sie kann sich lange aus dem Lachen nicht mehr herauswinden. Das tut Roswitha in den Ohren und im Herzen weh. Martha entschuldigt sich und sagt, sie habe sich beinahe in die Hose gemacht, sie wisse nicht warum, sie habe so lachen müssen, da sei doch nichts zum Lachen, wenn die Schwester einen Mann habe. Und Roswitha sieht, daß es Martha schon wieder um die Mundwinkel zuckt und sie mit einem neuen Lachanfall zu kämpfen hat. Ich meine, sagt Roswitha, die ihrerseits mit den Tränen ringt, daß ich heiraten werde. Endlich faßt sich Martha, und ihr Gesicht sieht vom vielen Lachen plötzlich müde und traurig aus. Roswitha findet endlich einen Satz, an den sie ihre Geschichte anknüpfen kann, die sie sich zurechtgelegt hat: Daß sie sich seit längerem Briefe geschrieben hätten und daß Max seine Versetzung in ihre Nähe erreicht habe und daß er gestern bei ihr eingezogen sei. Da stutzt Martha und fragt: So schnell? So mir nicht dir nichts? Und Briefe geschrieben?

Ja, Briefe geschrieben.

Und schon bei dir eingezogen?

Ins Schlafzimmer, nur ins Schlafzimmer.

Ins Schlafzimmer?

Ja.

Ins Schlafzimmer von unseren Eltern ein fremder Mensch?

Ich heirate ihn ja.

Heiraten?

Ja.

Wann?

Bald.

Wie bald?

Bald halt.

Martha hat sich noch immer nicht vom Fenster weggerührt. Sie schüttelt den Kopf. Dann zuckt sie mit den Schultern und seufzt.

Ich verstehe dich nicht, sagt Roswitha kleinlaut und spürt, daß ihr gleich die Tränen kommen.

Ist recht, sagt Martha, bist ja alt genug. Mußt selber

wissen, was du tust. Kann dir niemand raten und helfen.

Roswitha steht auf. Martha geht an den Küchenschrank, nimmt eine Flasche heraus und zwei Gläser. Darauf müssen wir trinken, sagt sie und füllt beide Gläser voll.

Ich trinke keinen Cognac, schon gar nicht am helllichten Tag, wehrt Roswitha ab. Die Schwester hat das erste Glas schon hinuntergekippt, das zweite hält sie Roswitha hin. Roswitha sagt kein Wort mehr, dreht sich um und verläßt die Küche, geht durch den Flur und aus dem Haus. Mit ihr habe ich nichts mehr zu schaffen, denkt sie, als sie auch das Gartentor hinter sich schließt. Dann fühlt sie sich wohler. Es ist nicht gut, so früh am Morgen Besuche zu machen, sagt sie sich im Weitergehen. Am Nachmittag wäre vielleicht alles anders verlaufen.

Auf dem Heimweg macht sie ihre Einkäufe. Sie hat heute eine lange Liste. Leokadia Braml, die Greißlerin, wundert sich, es ist ihr anzumerken, über die für Roswitha ungewöhnliche Menge an Wurst, Brot und Käse, die sie verlangt. Besuch? fragt sie.

Roswitha spürt es heiß aufsteigen, und sie weiß, daß ihr Gesicht nun voll roter Flecken ist. Ja, nickt sie und muß sich räuspern, ein Besuch.

Unvorhergesehen gar, von weit her? bohrt die Braml. Unter den dunklen Brauen gieren ihre Augen nach Auskunft.

So nicht, denkt Roswitha, und nicht jetzt. Ihr Gesicht kühlt wieder ab. Sie würde mit ihrem Geheimnis nicht herausrücken; die Leute müßten es schon selbst entdecken. Außerdem erzählt man zwischen Essiggurkerln, Geselchtem, Brotlaiben und der Käseglocke nicht von seinem Bräutigam. Daraufhin packt sie der Übermut, und sie läßt sich noch gebratenes Bauchfleisch herunterschneiden und nimmt auch noch etwas vom Topfenaufstrich. Über die Höhe des Rechnungsbetrages erschrickt sie dann aber doch.

Die Greißlerin öffnet Roswitha die Tür. Sie hat schwer zu schleppen. Die Händlerin macht sich noch erbötig, ihr ein Lehrmädchen zu Hilfe zu schicken. Doch Roswitha lehnt dankend ab.

Trotz der schweren Last, mit der sie sich zu plagen hat, erlaubt sie sich einen kleinen Umweg am Friseurladen des Gustav Wondrak vorbei. Durch die Glasscheiben glänzen die Photos modisch frisierter Schönheiten. Dahinter schirmt eine grobmaschige Gardine die Kundinnen vor den Blicken der Passanten ab. Roswitha wagt nicht, vor dem Schaufenster stehenzubleiben. Sie hat Angst, durch die Maschen des Vorhangs von innen beobachtet zu werden.

Sie tut, als käme sie zufällig vorbei, und mustert dabei verstohlen die Frisurenfotos. Über und über kringeln sich Löckchen bei einer Dunkelhaarigen. Eine Tizianrote trägt eine Pagenfrisur wie mit dem Lineal gezeichnet. Die Stirnhaare enden knapp über den Augenbrauen, und die Seitenhaare lassen noch das Ohrläppchen frei. Die Haare einer Blondine sehen aus, als sei sie in einen Sturm geraten. Roswitha ist ratlos. Keine der Frisuren scheint auch nur im entferntesten irgend etwas mit ihr zu tun zu haben. Andererseits, so tröstet sie sich beim Weitergehen, ist ihr auch noch niemand mit einer der hier abgebildeten Frisuren begegnet. Wahrscheinlich, so überlegt Roswitha weiter, handelt es sich bei den dargestellten Schöpfungen um Einzelmodelle, die nicht für die Alltagsmenschen gedacht sind. Vielleicht käme für sie, gemäßigter in Schnitt und Fülle, doch der Lockenkopf in Betracht.

Als Roswitha zu ihrem Haus zurückkommt, fällt ihr das Wort »Verwüstung« ein. Sie flüstert es entsetzt vor sich hin.

Die Vorderfront ist inzwischen vollständig eingerüstet und der Verputz krätzig abgeschlagen. Davor Haufen von Sand, Zement und Schotter; Mischmaschinen, Drahtgitter, Werkzeug; soeben lädt ein Lastwagen eine weitere Ladung Sand mit gellendem Geschiebe ab. Heute scheint alles losgelassen. Alles scheint auf Zerstörung auszusein. Durch das geöffnete, doppelflügelige, schmiedeeiserne Tor des Pfarrergartens scharrt sogar ein Bagger. Unter dem Nußbaum liegen einige Arbeitsjacken und Bierflaschen. Die Männer sind alle in Bewegung. In dem Durcheinander kann sie Max in der Hast, in der sie nun auf das Haus zustrebt, nicht entdecken.

Auch die Wohnung ist voller Lärm. Sie hört die Mischmaschinen malmen, Lastwagen karren hin und her, Schotter rumpelt; das Gekrache fühlt sie auf dem Fußboden und von den Wänden zittern. Sie denkt an Max, der da draußen in dieser höllischen Betriebsamkeit seine Pflicht tut und an der Verschönerung ihres Hauses mit ganzer Kraft mitarbeitet. Für ihn also hat sie eine nahrhafte, wohlschmeckende Mahlzeit herzustellen, die ihm nicht nur den Magen füllen soll, sondern ihm auch das Herz aufgehen läßt. Sie kocht Geselchtes, Knödel und Sauerkraut. Der umfangreiche Speisezettel bringt sie ins Schwitzen. Das Kneten der Knödel und das Würzen muß sie immer wieder unterbrechen, um im Kochbuch nachzuschlagen. Grießknödel hat sie seit langem nicht mehr zubereitet, wer weiß, ob sie glücken. Flaumig und mit der Gabel zerteilbar müssen sie sein.

Schlag zwölf fällt draußen der Lärm in sich zusammen. An der Tür läutet und klopft es. Das ist Max. Roswitha hat die Wohnungstür versperrt. Vielleicht soll sie ihm einen Schlüssel geben, damit er rascher bei ihr heimisch wird.

Max steht staubig und verschwitzt mit nacktem Oberkörper vor ihr und verlangt nach einer Waschschüssel. Der Wunsch ist verständlich. Doch auf dem Ofen dampfen in den Töpfen die Knödel, die Suppe und das Geselchte mit dem Sauerkraut. Auch der Tisch ist schon gedeckt. Wohin in dieser Enge mit dem Stockerl und dem Lavoir! Schließlich schleppt Roswitha den Waschtisch mit der Schüssel ins Vorzimmer, bringt ihm einen Krug mit kaltem Wasser – er hat ausdrücklich kaltes Wasser verlangt –, versieht ihn auch mit Handtuch und Seife. Sie zieht sich hinter die Glaswand in die Küche zurück. Für sie gibt es nichts mehr zu tun, als zu warten. Ihre Blicke huschen über Max' gebeugten Rücken. Mit seinen Händen schaufelt er sich Wasser ins Gesicht und auf die Brust, daß es nur so spritzt. Sie denkt an die Pfützen, die sie vom Linoleum wird aufwischen müssen.

Durch die Glasscheibe bedeutet sie dem Mann, er möge nur alles liegen- und stehenlassen. So kommt er lächelnd an den Tisch und nickt. Sein Haar ist an den Schläfen und im Nacken feucht. Die blonden Haare auf seiner Brust, die durch das Trockenreiben mit dem Handtuch wie ein wolliger Qualm aussehen, verunsichern Roswitha. Es gehört sich nicht, denkt sie. In der Enge zwischen den Töpfen, dem Geselchten, der Suppe und den wohlgelungenen Knödeln ist ihr kein Kleidungsstück zur Hand, das sie ihm hätte überstülpen können. Ihr Vater ist nie so entblößt bei Tisch gesessen. Wenigstens ein Trikotleibchen hat er getragen. Und nun sitzt ihr dieser Fremde schon bei der ersten Mahlzeit mit seinem Gekräusel gegenüber. Leimer fühlt sich sichtlich wohl in seiner Nacktheit. Hier in dem dunklen Gewölbe kann sein erhitzter Körper abkühlen. Dafür hat Roswitha Verständnis.

Das Essen schmeckt ihm. Er greift tüchtig zu. Während der Mahlzeit schaut er nicht von seinem Teller auf. Roswitha sieht sich mit ihrem Gedeck in die Ecke gedrängt, denn Leimers Ellenbogen brauchen viel Platz, wenn der das Fleisch zerschneidet, die Knödel zerteilt und sich nachfaßt. Sie versucht, ihn durch ein Gespräch zu einem Aufschauen zu verleiten. Ob es heute nicht sehr heiß bei der Arbeit gewesen sei, will sie wissen. Sie muß ihre Frage wiederholen, weil er nicht darauf anspricht. Er hebt seinen Kopf und macht mit dem Arm eine vage, weitausholende Bewegung, die vielleicht besagen soll, daß es Ärgeres gebe oder daß es auszuhalten sei oder daß man es eben hinzunehmen habe.

Nach beendeter Mahlzeit legt er Messer und Gabel auf den Teller, schiebt ihn von sich und zündet sich eine Zigarette an, nachdem er vorher ein Doch-nichts-dagegen eher feststellend als fragend von sich gegeben hatte.

Er streckt nun auch seine Beine unter dem Tisch aus. Ein paarmal schaut er Roswitha ins Gesicht, grinst und bläst den Rauch aus der Nase. Roswitha bleibt sitzen. Wenn sie jetzt aufstünde und die Teller abräumte, wie sie es zu tun gewohnt war, würde die Gelegenheit vertan sein. Sie würde ihn verscheuchen, wenn sie nach dem Essen aufspränge und an den Töpfen herumschabte und plätscherte. Sie hat sein Lächeln aufgefangen, darauf hat sie gelauert, sie hat ihn beobachtet, ihm ins Gesicht gestarrt, während er sich seine Zigarette anzündete; über dem Flackern des Streichholzes rötete sich sein Gesicht, durch die Flamme hat sie über seine grätigen, blonden Augenbrauen hinweg in seine Augen gesehen, durch seine brüchigen Wimpern wie durch einen Zaun in die grauen Pupillen geschaut. Noch einmal blickt er auf. Sie giert nach einem zweiten Lächeln. Irgendein Wort würde er sagen müssen; welches es auch sei, sie würde es aufnehmen und weiterspinnen, zu einem Gesprächsfaden spinnen, sie war entschlossen, ihn aus dem Gespräch nicht mehr fallenzulassen. Sie streicht sich scheinbar absichtslos über die Schläfen. Über der Stirn fächert sie ihre Finger mit den aufgehenden Monden unter den Nägeln. Er ist mit seinen Augen längst woanders, vielleicht an der Decke, er hat seinen Kopf in den Nacken geworfen und bläst den Rauch gegen das geweißelte Gewölbe. Roswitha entschließt sich, etwas zu sagen, geschehe, was da wolle. Doch da steht er auf, hebt die Hand zu einem flüchtigen Gruß und geht wieder an seine Arbeit. Sein Waschwasser hinterläßt er ihr, die Lachen auf dem Boden und das schmutzige Geschirr. Als Roswitha die Waschschüssel in die Küche trägt, fällt ihr wieder die Schwester ein, und sie schüttet das Wasser in einem plötzlichen Ärger so heftig in den Ausguß, daß es auf sie zurückschwappt und über ihre Beine läuft.

Roswitha ist todmüde, dennoch kann sie nicht einschlafen. Tagsüber hat sie manchmal sehnsüchtig an ihr Bett gedacht und sich auf die Nachtruhe gefreut. Der Tag ist sehr anstrengend für sie gewesen. Auch um ihre Mittagspause ist sie gekommen, weil sie dringende Näharbeiten zu verrichten hatte, und später mußte sie schon das Abendessen vorbereiten. Außerdem hat sie die Warterei auf Max erschöpft. Die Baustelle war verlassen, doch er war nirgends mehr zu sehen. War er doch vorgestern, oder ist es erst gestern gewesen, mit schmutzigen Händen, mit staubstarrendem Gewand die Stiege herauf und zu ihr gekommen. So hat sie es auch heute erwartet und für alle Tage erwarten zu dürfen geglaubt. Doch Max blieb zunächst verschwunden. Die Zement- und Schotterhaufen lagen verlassen, der Bagger stand mit eingezogener Schaufel gelähmt. Roswitha erlebt in Gedanken alles noch einmal. Max und die anderen hatten sich davongemacht, ohne daß Roswitha es merkte. Hätte sie doch, so wie es sie gedrängt hatte, als Mischmaschine, Motoren, Schaufel- und Hammergeräusche verstummten, zum Fenster hinausgeschaut! Sie hätte wahrscheinlich die Arbeiter auseinanderlaufen sehen, sie hätte auch Leimers Schritte, die ihn, statt ins Haus, davon weggeführt hatten, verfolgen können; sie hätte ihn rufen, um Auskunft fragen können, wohin er gehe. Sie hätte auch die Stufen hinunterhasten, ihm nachlaufen und ihm ihre Angst in den Nacken keuchen oder gelassen bleiben und seinen

Schritten hinter der Fensterscheibe nachstieren können. Vielleicht aber hätte Max, wäre sie nur im richtigen Moment am Fenster gestanden, zu ihr heraufgeblickt und hätte ihr zugerufen: Komme gleich! Oder so etwas. Statt dessen hatte Roswitha den Tisch gedeckt und sich erst danach ans Vorzimmerfenster gesetzt, um auf ihn zu warten, als es auf der Baustelle schon menschenleer war. Allmählich begann sie die Vorstellung zu ängstigen, daß Max nie mehr wiederkäme. Aus dem Staub war er gekommen, und aus dem Staub hatte er sich gemacht, dachte sie, und über dieses Wortspiel hätte sie lachen können. Es war ihr aber gar nicht zum Lachen zumute. Im Gegenteil. Es fiel ihr das fehlende Badezimmer ein und das Bretterklo: alles gute Gründe, wegzugehen. Oder sie selbst, die Verkrüppelte, warum sollte er denn bei ihr bleiben? Er hatte eine andere Unterkunft gefunden. Da wurde sie sich selbst zu einem Käfig, bis an die Stäbe vollgestopft mit Verlassenheit.

Schließlich sah sie ihn, er bog um die Hollerstaude und kam heim. Er war im Wirtshaus gewesen. Früher sei er jeden Tag nach der Arbeit zuerst ins Wirtshaus gegangen. Der Feierabend begann für ihn erst mit dem Wirtshaus. Er rechtfertigte sich nicht, er gab es ihr einfach zu wissen. Und gleich darauf ihre Scham: wie lächerlich sie sich vor sich selbst benommen hatte! Gott sei Dank, daß niemand ihre Angst gesehen hatte. Was alles wäre sie in diesen zwei Stunden des Wartens bereit gewesen für ihn zu geben, daß er wiederkäme! Und nun, da er hier war, voll Schmutz und nach Zigarettenrauch stinkend, wollte sie sich an ihre Weltuntergangsgefühle nicht mehr erinnern.

Wieder richtete sie ihm die Waschgelegenheit im

Flur. Morgen werde ich es besser wissen, morgen werde ich das Essen erst zu Tisch bringen, wenn er sich gewaschen hat, täglich wird eine Umständlichkeit um die andere wegfallen. So denkt sie, als sie wach liegt. Sie haben gegessen, es hat ihm geschmeckt, er hat kaum gesprochen und keine Fragen an sie gerichtet. Auch die Schönheit ihrer Hände hat er nicht bemerkt.

Sie hält die Hände prüfend gegen das Mondlicht. An der Schönheit ihrer Hände können auch die Mißgünstigsten nicht zweifeln. Sie selbst hat noch nie so wohlgeformte Hände gesehen; manchmal, auf weiblichen Heiligenbildern, sah man ähnlich gestaltete Hände. Die ihren brauchten den Vergleich mit den abgebildeten nicht zu scheuen. Selbst Leimer müßte eines Tages ihre Hände bemerken. Sei es, daß er sie wortlos in den seinen hielte – von Worten aus seinem Munde war wohl nicht viel zu erwarten – sei es, daß er sie streichelte, vielleicht sogar knetete oder gar küßte! Noch freilich schläft er seinen dummen Schlaf, während sie, die sie doch übermüdet ist, nicht einschlafen kann.

Sie schlüpft aus dem Bett und stellt sich ans Fenster. Diese Stille, denkt sie, und betrachtet die Kirche, die beiden Zwiebeltürme; es gibt kein Haus, das näher an der Kirche liegt, diesem Barockjuwel, wie es in den Schulbüchern bezeichnet wird, und keines näher am Strafhaus. Der Gefängnistrakt, ein ehemaliges Benediktinerkloster, schließt sich ans Kirchenschiff an. Roswitha wartet darauf, daß die Turmuhr zwölf schlägt. Das läßt sie angenehm schaudern, auch die Vorstellung, daß die Schläge auch von den Sträflingen gehört würden, jedenfalls von denen, die gleich ihr nicht schlafen können hinter ihren dunkelgelb angeleuchteten Zellenfenstern. Nachts patrouillieren zwei Aufseher entlang des Stacheldrahtzauns in lässigen Zivilistenschritten. Die Doppelturmfassade ist auch angestrahlt. Das patinierte Kupferdach hebt sich giftgrün vom Nachthimmel ab. Nach dem Verklingen der Mitternachtsschläge erlischt die Illuminierung. Der Gefängniskomplex bleibt die ganze Nacht angeleuchtet. Roswitha hört den Fluß rauschen, als sie sich aus dem Fenster beugt. Max läßt sich davon in seinem Schlaf offenbar nicht stören. Wie mag der Fluß in seinem Zimmer zu hören sein, vermischt mit dem Atmen des Schläfers? Das möchte sie wissen. Was hindert sie daran, es klammheimlich zu erkunden? Schließlich ist es ja ihre Wohnung, in der sich das alles abspielt. Und wenn er sie ertappte? Ein Vorwand wäre wohl bald gefunden. Aber er würde nicht erwachen. Er hat schon in der ersten Nacht tief geschlafen, wie er stolz behauptete, er würde auch diese Nacht das gleiche tun. Sie aber will ihn schlafen sehen. Will wissen, wie er im Schlaf aussieht und wie er sich anhört und wie, ja, ob er sich bewegt im Ehebett ihrer Eltern.

Durch den Gang wird sie ins Schlafzimmer schleichen, nicht durch die Küche, von der aus sie gleich am Kopfende seines Bettes ankäme. Sie will sich ihm vom Fußende nähern. Im Finstern tappt sie durch den Flur, tastet sich die Mauer – endlose, widerlich staubrauhe Mauer – entlang an die Tür. Endlich fühlt sie das glatte Holz, die Tür, die Hände schleifen suchend nach der Klinke. Viel zu laut. Ich husche lieber zurück, denkt sie. Aber sie bleibt im Finstern stehen und atmet schnell und lauscht. Es rührt sich nichts. Die Tür läßt sich lautlos öffnen. Im mondlich beschienenen Schlafzimmer ist alles zu erkennen: der Kleiderschrank und die Frisierkommode mit dem dreiteiligen Spiegel, der Ofen in der Ecke mit dem langen schwarzen Ofenrohr, die Nachtkästchen und das breite Bett mit dem Mann darin. Und das Kästchen mit seinen Messern. Roswitha läßt die Tür offenstehen und wagt einen Schritt ins Zimmer. Der Bretterboden seufzt. Der Fluß rauscht lauter, als sie es in Erinnerung hat, als führe er Hochwasser; oder braust es in ihren Ohren? Max Leimer liegt wie eine fette Raupe auf dem Bett, in die Tuchent eingewickelt. In das Strudeln des Wassers ein fremdes Geräusch, das ist sein Aus- und Einatmen, es stottert, verstummt und brodelt wieder. Sie wagt noch einen Schritt an das Bett heran. Auf dem hartfedrigen Kissen, das er zusammengerollt hat, liegt sein Kopf. Zunächst sieht sie nur den Hinterkopf und die zerstrubbelten Haare. Sie will aber an sein Gesicht heran. Der Schläfer bewegt sich nicht. Seine Vorderansicht ist durch einen Tuchentzipfel abgeschattet, daher nur sehr undeutlich auszumachen, sosehr sie sich auch wagemutig heranneigt, so weit heran, daß ihr schon sein Atem ins Gesicht pfeift und über die Wangen streicht. Unter der Stirn liegen schwarz die Augenhöhlen, der Nasenrücken schimmert hell als Grat, und auf den halbgeschlossenen Lippen, genau gesagt auf der Unterlippe dehnen sich Speicheltröpfchen. Noch näher beugt sie sich heran. Max schnaubt. Sein Atem stürmt ihr gleichsam über Mund und Kinn. Sie taumelt zurück. Da ruckt es im Schlafenden. Mit einem mächtigen Schwung holen seine Arme aus, unter der Tuchent beginnt es sich zu regen und zu strampeln, Max wälzt sich auf die andere Seite. Seine Füße schieben sich durch die Messingstäbe. Sein Kopf wühlt sich unter das Kissen, als ahne er, daß er beobachtet wird.

Roswitha, noch immer seinen Atem feucht auf ihren Lippen, stolpert davon. Im Vorbeihasten ertappt sie ihren Schemen im Spiegel und rettet sich in den Gang. Fröstelnd kriecht sie ins Bett und schläft nun erst recht nicht ein. Vielleicht ginge sie morgen wieder hin. Vielleicht würde sie sich trauen, mit ihren Fingerspitzen über seine Wangen zu streichen oder seine Lider mit den Fingerkuppen zu berühren. Ihre Handinnenfläche würde sie vielleicht in seinen Atem halten. Vielleicht würde er schön träumen, wenn sie ihm über die Stirn striche, und er würde sie aus einem Traum heraus mit seinen Armen umschlingen. Ich spinne, denkt Roswitha, ich bin ja ganz blöd. Und doch nimmt sie sich vor: Morgen gehe ich zum Friseur und lasse mir eine neue Frisur machen.

Erst der dritte Morgen, an dem sie gemeinsam frühstücken, aus den verschiedenen Türen getreten und aufeinander zugegangen sind, am Tisch sitzen, und schon zeigt sich so etwas wie Gewöhnung. Roswitha befürchtet es; ihre Beziehung droht, bevor sie lebendig geworden ist, zu versteinern. Er benimmt sich, als sei er bereits am Ziel. Er hat sein Quartier bezogen; die Quartierfrau, die Quartiergeberin bemerkt er kaum. Er vermißt nichts. Also muß sie selbst zu Werke gehen. Sie muß lebendig bleiben, diesen Block umkreisen, ihn kitzeln, ihn aufwecken. Sie versucht es auch heute mit einem Gespräch. Er hebt seinen Kopf erst vom Kaffeehäferl, als sie ihm die Frage zum zweiten Mal stellt und ihn beim Namen ruft: Max, hast du gut geschlafen?

Ich schlafe immer gut.

Stört dich der Mond nicht? Das Mondlicht, das

durch die dünnen Gardinen fällt? Roswitha wagt einen Scherz: Hoffentlich wirst du nicht mondsüchtig, oder bist du am Ende mondsüchtig und weißt es nicht und bist schon auf dem Fensterbrett gestanden und gar auf dem Sims spazierengegangen?

Blödsinn, antwortet Max, ich falle ins Bett und bin weg, mit Mond oder ohne Mond. Da muß ich schon krank sein, wenn ich in der Nacht nicht schlafen kann.

Sein Ton läßt keinen Zweifel daran, daß sein gesunder Schlaf eine Tugend ist, auf die er sich etwas zugute hält. Roswitha kommt sich lächerlich vor und schweigt. Immerhin, Leimer, hat etwas gesagt, er hat von sich erzählt, von einer besonderen Eigenschaft, hat sich ihr mit dieser angepriesen: Ein Mann, denkt Roswitha, der wie ein Toter schläft, wenn das nichts ist!

Ja, ja, sagt Roswitha, ein gutes Gewissen ist das beste Ruhekissen.

Jawohl, antwortet Max.

Als die Friseurin Roswithas Kopf behutsam nach hinten beugt, freut sich Roswitha, daß sie ihren Entschluß wahr gemacht hat.

Ist es so recht? fragt das Mädchen, während sie Roswithas Haare einschäumt und die Kopfhaut massiert.

Ja, ja, versichert Roswitha.

Wir brauchen Dauerwellen. Wir haben zu feines Haar, behauptet die Friseurin.

Roswitha nickt: Ich weiß.

Sie fetten auch rasch nach, sagt das Fräulein, und reibt Roswithas Haare zwischen ihren Fingerspitzen.

Ja, leider, seufzt Roswitha.

Also müssen wir kürzen. Einen Schnitt brauchen wir,

stufig, aber nicht zu kurz, damit wir noch etwas Fülle haben, besonders am Hinterkopf, erklärt die Fachfrau.

Ich verlasse mich ganz auf Sie, beteuert Roswitha.

Vielleicht auch einige Fransen in die Stirne, so schräg, von links nach rechts, eine flotte Welle?

Wie Sie meinen.

Also gut, versuchen wir es, lächelt das Fräulein mit dem Namensschildchen Petra auf dem gelben Arbeitsmantel.

Fräulein Petras Fingerkuppen massieren Roswithas Kopfhaut, sie kreisen und schieben über Schläfen und Hinterkopf bis in den Nacken. Das tut gut. Dieses Vergnügen würde sie sich nun öfter gönnen. Sie hält die Augen geschlossen, die Hände der Friseuse streichen immer wieder den Schaum aus Stirn und Schläfen. Heute vormittag stand unerwartet Lotte vor der Tür. Unerwartet und unerwünscht. Roswitha erinnert sich, daß sie zu ihrem Verdruß errötete. Ich fühlte mich ertappt, denkt sie. Daß Lotte entdecken könnte, daß ich einen Mann bei mir wohnen habe, war mir peinlich. Zum Glück ist Lotte nichts aufgefallen. Sie hatte nur ihr Theaterspiel im Kopf, von dem wollte sie erzählen. Sie hatte die Freundin umarmt und an sich gedrückt und von einer schicksalhaften Unterredung geschwafelt. Sie also auch, dachte sich Roswitha, schicksalsschwangere Zeiten müssen in der Luft liegen. Ein feiner und gebildeter Mensch sei das, der Oberschulrat, ein Künstler! Roswitha nickte. Er hat ein Theaterstück verfaßt, etwas Dramatisches, verstehst du? Roswitha nickte wieder und wartete. Mir hat er die Hauptrolle in seinem Stück angeboten, mir! rief Lotte begeistert. Roswitha fragte, was und wen sie darstellen solle und was das für ein Stück sei, wovon es handle. Etwas Lustiges? Das, winkte Lotte ungeduldig ab, wisse sie noch nicht genau. Etwas Historisches jedenfalls. Für sie zähle nur: Hauptrolle. Sie habe ja schon als Kind immer gern Theater gespielt, auch in der Schule, woran sich der Oberschulrat erinnert habe, der ja damals noch Oberlehrer gewesen sei. Der Oberschulrat habe von ihrer ihm damals aufgefallenen Begabung für das Schauspielerische gesprochen. Du sollst meine Heldin sein, habe er ausgerufen. Heldin in seinem Stück, habe er gemeint. Dann legte Lotte Roswitha eine Unterschriftenliste vor, genauer gesagt einen Spendenaufruf. Finanzielle Unterstützung des Theaterprojekts »1000 Jahre G.«

Roswitha, noch immer unter den wohltuenden Händen der Friseuse, erinnert sich, daß sie ihren Namen und ihre Unterschrift auf die Liste gesetzt und eine Geldspende gegeben hat. Sie führt nun das Verzeichnis mit ihrem Namen und dem Geldbetrag an. Bald darauf hat sich Lotte verabschiedet. Sie sagte, als sie sich den roten Seidenschal um den Hals drapierte, noch müsse sie ihr für die Unterschrift und die Spende dankbar sein, doch bald, davon sei sie überzeugt, würde die Freundin ihr danken, denn die Kultur werde ihr Dasein veredeln. Mit dieser dunklen Verheißung rannte Lotte die Stufen hinunter. Der Schal flatterte über ihrer Schulter. Roswitha hatte laut gelacht. Die Freundin war komisch gewesen. Wie sie sich auf einmal ausdrückte! Wahrscheinlich machte das der Umgang mit dem Oberschulrat. Das fängt ja gut an, hatte Roswitha gedacht.

Bei der Erinnerung lächelt sie, während Fräulein Petra mit der Prozedur der scharfriechenden Wässerchen begonnen hat. Es geht weiter mit Lockenwickeln,

Warten, Abspülen, Lockenwickeln, Warten, Trocknen, Warten.

Das Mädchen bedient die Kundin mit Illustrierten. Roswitha blättert zerstreut darin. Sie ist von Spiegeln umstellt. Von hinten, von vorne und von den Seiten wird sie bespiegelt. Als die Lockenwickler aus den Haaren genommen sind, läßt sie sich nicht mehr aus den Augen. Sie beobachtet Petra, deren Gesicht über dem ihren gespiegelt wird, die mit Ernst, wie es Roswitha scheint und was ihr schmeichelt, an ihren Haaren formt. Das Zupfen, Toupieren, Bürsten und Zurechtlegen einzelner Strähnen über der Stirn, hinter dem Ohr und im Nacken, kitzelt Roswitha so sacht, daß sie sich wünscht, die Friseurin käme noch lange zu keinem Ende. Doch viel zu schnell und abrupt lösen sich schließlich die Hände des Mädchens aus ihren Haaren. Petra zaubert einen Handspiegel hinter ihrem Rücken hervor und wirft mit ihm die Hinteransicht der Frisur auf den großen Spiegel vor Roswitha. Paßt es so? fragt nach einer kleinen Weile das Fräulein. Roswitha nickt lebhaft zustimmend. Sie bezahlt die Rechnung, die ihr hoch erscheint. Da kommt schon einiges zusammen, denkt sie, geht aus dem Laden und hat das Gefühl, als ob ihr Kopf durch einen leichten Windstoß wie ein Gasballon entschweben könnte. Auf dem Heimweg kann sie nicht umhin, ihre Gestalt in den Scheiben der Geschäfte zu betrachten. Sie gefällt sich, wenn sie auch ein wenig den Eindruck hat, man würde ihre Haare nun für eine Perücke halten. Die Frisur ist ihrem Gesicht noch fremd, wenn sie es auch freundlich umrahmt. Die Nase wirkt zierlicher und der Mund weicher und voller, das stellt sie immerhin zufrieden fest.

Es ist ihr gelungen, seine Aufmerksamkeit zu erregen. Er ist verspätet heimgekommen, wie gestern. Sie hatte schon alles für ihn vorbereitet gehabt. Schon an der Tür stutzt er. Er sieht sie unsicher an, sagt aber nichts, wendet sich ab, blickt sie wieder an. Ich hätte dich bald nicht erkannt, sagt er schließlich. Roswitha fährt mit einer kleinen hastigen Bewegung gegen den gebauschten Hinterkopf und nickt: Bin beim Friseur gewesen.

Aha, ruft er erleichtert, eine neue Frisur! Er lacht von Herzen, sonst aber fällt ihm nichts ein.

Dann geht alles seinen nun schon gewohnten Gang.

Sie essen zusammen, er bleibt noch ein wenig am Tisch sitzen und raucht. Dann beginnt er zu reden: Die Arbeit ist hart. Früher habe ich einen schönen Beruf gehabt. Und einen wichtigen außerdem. Er sei Schwellengeher gewesen. Das Gehen in der frischen Luft, das Freisein, das er damals gespürt habe, fehle ihm, er vermisse das Vorwärtskommen.

Roswitha hakt ein: Wie es denn wäre, wenn sie zum Wochenende spazierengingen, wenn er so gerne gehe, meint sie, vielleicht. Zunächst antwortet er nicht, und Roswitha befürchtet, er sei schon wieder gänzlich verstummt. Doch dann hebt er den Kopf und sieht sie nachdenklich an: Was, du wolltest mitkommen?

Aber sicher, entfährt es ihr, warum nicht?

Er wird sachlich: Wie lange, glaubst du, hältst du es neben mir aus? Wie viele Kilometer, meine ich.

Mein Gott, wundert sich Roswitha, das weiß ich nicht. Auf der Anhöhe am Ortsrand sei es recht schön. Auf den Bänken zwischen den Holzäpfelbäumen könne man rasten, oder beim Bauern auf ein Glas Most einkehren.

Das hat Max allerdings nicht gemeint. Das sagt er ihr gleich. Er will auf den Schwellen der Eisenbahnschienen gehen, so wie früher. Zwischen den Gleisen der Schmalspurbahn. Er könne ihr zeigen, wie man auf den Schwellen gehe. Sie werde staunen, wie schnell man darauf vorwärtskomme. Er spüre die Züge – die wenigen, die auf dieser Strecke noch verkehrten – rechtzeitig. Für ihr Nahen habe er einen sechsten Sinn. Roswitha sieht an sich hinunter. Sie schaut auf ihren verkrüppelten Fuß. Sie soll also mit ihrem Gebrechen, ja hat er denn ihr Gebrechen nicht bemerkt, diese Mühe auf sich nehmen? Doch ist es klug, sein Angebot auszuschlagen? An seinem Arm gibt es vielleicht die Möglichkeit, ihm näherzukommen. Wenn sie nicht mit ihm Schritt halten kann, müsse sie eben umkehren. Und außerdem, es würde sie ja keiner sehen, oder kaum jemand. Allerdings, einige Einfamilienhäuser stehen recht nahe an den Gleisen. Sie könnte von jemandem aus dem Dorf erkannt werden, die Leute könnten ausmachen, daß sie mit Leimer, einem fremden Mann, Arm in Arm, auf oder zwischen den Schienen ... wer weiß, was sich die Leute dabei dächten. Ob man sie nicht für verrückt oder wenigstens für lebensmüde hielte und sie gewaltsam hinwegzuführen versuchte? Sie erzählt Max von ihrer Befürchtung. Er jedoch, besessen von der Vorstellung, seinen einstigen Beruf wenigstens als Steckenpferd zu betreiben, läßt sich nicht abschrecken. Wir suchen uns die stillen Plätze aus und gehen dort hin und her. Er kenne die Lage. Es gebe ausgedehnte Waldstrecken ganz in der Nähe, dort könnten sie sich eingehen, wie er es nenne; nach so langer Zeit müsse er sich seine frühere Geschicklichkeit und Technik wieder erwerben. Da kann Roswitha nichts mehr einwenden. Allmählich beginnt sie sich sogar für seinen Vorschlag zu erwärmen. In einem Wäldchen hin und her zu gehen! Arm in Arm! Schon freut sie sich auf den Ausflug. Immerhin ist etwas in Gang gekommen – in des Wortes wahrster Bedeutung. Sie kann zufrieden sein.

Dann wünschen sie einander eine gute Nacht und gehen zu Bett. Roswitha findet auch heute, wie allabendlich, seit er da ist, keinen Schlaf. Sie hört die Turmuhr schlagen. So liegt sie schon eine Stunde wach im Bett. Max schläft wohl schon längst.

Als sie aus dem Bett kriecht, um wieder an sein Bett zu schleichen, glaubt sie sich schon dazu berechtigt. Der finstere Gang ist rascher bewältigt, die Türklinke sicher gefunden. Sie kniet sich an sein Bett und betrachtet ohne Scheu das verschattete Gesicht, das aus dunklen Tälern besteht und dem hellen Grat des Nasenrückens, schwach modelliert durch das Mondlicht. Und seine Atemgeräusche, das Gebläse aus der Nase, der Hauch aus dem Mund! Sie kniet zusammengekauert und ahnt mehr, als sie es sieht, das sanfte Weiten der Nüstern, und bei veränderter, leicht ratternder, hellerer Tonlage des Atmens zittert seine Unterlippe.

Sie verharrt, bis die Beine zu schmerzen anfangen. Nun hat sie Mühe, geräuschlos hochzukommen, da sie durch die ungewohnte Stellung ganz steif geworden ist und die Füße taub sind. Sie tappt um das Bett. Es lockt sie, zu versuchen, wie es sich neben ihm läge, wie das Ehebett ihr behagte. Wenn sie sich auf die Matratze an seine Seite zu schieben versuchte? Wie aber, wenn diese Bewegung ihn aufschrecken und aufwecken würde? Wie würde sie ihm ihre Anwesenheit erklären? Vorsichtig drückt sie auf die Matratze, ob sie auch keinen Laut von sich gebe, und schiebt sich auf das Bett, das nun doch leise stöhnt. Sie dreht sich auf den Rücken und blickt an die Decke, auf der sich das Fensterkreuz als Schattenriß zeigt, hört den Fluß und Leimers Da-Sein. Sie wagt ihren Kopf nicht nach seiner Seite zu wenden.

Eines Tages werde ich neben ihm einschlafen, denkt sie inbrünstig, und alle anderen Tage. Sie wendet nun doch langsam ihren Kopf auf der harten Unterlage in seine Richtung. Daß er sich in diesen spätsommerlichlinden Nächten unter der Tuchent verkriecht, kaum daß einmal der Haarschopf oder ein Fuß darunter hervorstößt, wundert sie. Schläft er nackt, oder trägt er einen Pyjama? Es ist ja unvorstellbar, daß man es bekleidet unter dem Federbett aushalten kann, schweißgebadet muß man irgendwann aus dem Pfühl auffahren. Max aber schläft, solange sie neben ihm auf der Matratze liegt, fast ohne sich zu rühren. Morgen wird sie in seinem Bett nach einem Pyjama suchen. Hat er keinen, erklärt das sein Verkriechen unter der Tuchent bis über den Haarschopf hinaus. Roswitha schläft nie nackt. Nie wäre sie auf den Gedanken gekommen. Sie trägt sogar Unterwäsche unter dem Nachthemd. Wenn sie, bevor sie einschläft, ihre Hände zwischen ihre Schenkel legt, was ihr gelegentlich hilft, Schlaf zu finden, hat sie stets statt der Wolle ihrer Scham den glatten Trikotstoff gefühlt. Die Vorstellung, daß Max neben ihr unter dem Federbett nackt liegt, erregt sie. Es kitzelt sie angenehm, und sie fragt sich verstört, ob sie so ein Gefühl haben dürfe und wer wisse, wo das mit ihr noch hinführen würde. Da trollt sie sich eilig, von einem Ekel lüstern verfolgt.

Ich werde nicht mehr wiederkommen, schwört sie sich. Es gehört sich nicht. Und daß es noch so viel zu klären gebe und Wäsche für ihn zu kaufen, allenfalls Pyjamas.

Am nächsten Morgen sucht Roswitha in seinem Schrank und dann in seinem Bett, das er sich wieder selbst gerichtet und glattgestichen hat, nach einem Schlafanzug. Sie wischt mit ihren Händen vorsichtig unter die Kissen und unter die Tuchent, lüftet beides ein wenig; in der Mitte des Bettes entdecken ihre Hände eine warme Mulde. Sie schwimmt mit beiden Händen in dieser Kuhle, es ist kein Pyjama zu entdecken.

Roswitha hat sich an die heißen Spätsommertage gewöhnt. Noch gestern abend deutete nichts auf eine Wetterverschlechterung hin. Regen und der Temperatursturz haben sie überrascht. Vor dem geöffneten Kleiderkasten sucht sie nach Wollenem. Die leichten Blusen haben fürs erste ausgedient. Über Nacht ist die Landschaft verödet. Was soll nun aus ihrem Spaziergang werden? Roswitha friert.

Max bekräftigt gleich nach dem Sonntagsfrühstück seinen Entschluß, trotz Wettersturz seinen Schwellengang machen zu wollen. Er sei oft und oft bei Regen und Wind seinem Dienst nachgegangen, von schlechtem Wetter habe er sich noch nie von seiner Pflicht abhalten lassen. Da gibt es auch für Roswitha kein Zurück mehr. Sie legt sich eine warme Jacke und feste Schuhe zurecht, rüstet sich mit einem Regenschirm aus, so kann der Ausflug nicht mehr mißlingen.

Max wartet in der Werkstatt, während Roswitha das Essen zubereitet. Ihre Hände flattern aufgeregt. Sie hofft, daß er sich in die Zeitung vertieft und nicht ungeduldig wird. Gleich nach dem Frühstück hat er sich das Bett geglättet und ist dann herumgestanden und hat Roswitha beim Aufräumen auf die Finger geschaut. Ich bin fertig, hat er ein ums andere Mal von sich gegeben. Das machte Roswitha nervös. Deshalb schaffte sie ihn mit einer Flasche Bier und mit der Zeitung in ihre Werkstätte. Dort hockt er noch und klopft vielleicht schon gereizt mit den Fingerknöcheln gegen die Tischplatte.

Endlich steht das Essen auf dem Tisch. Max schmeckt das Wiener Schnitzel. In der Küche brennt das Licht. Draußen sudelt graues Gewölk.

Nach dem Essen ist Max kaum noch zu halten. Doch da setzt sich Roswitha durch; zuerst, so bestimmt sie, müsse das Geschirr gespült werden, wie sie es gewöhnt war. Max bleibt in der Küche und läßt sie nicht aus den Augen. Von seinen Blicken fühlt sich Roswitha zur Eile angetrieben. Er selbst freilich legt nicht Hand an. So weit wagt sie nicht zu gehen, ihn zum Geschirrtrocknen aufzufordern. Schließlich ist die Arbeit getan, und Roswitha fühlt sich schwach. Sie sehnt sich nach einer kleinen Pause, einem kurzen Verschnaufen. Davon wagt sie aber nichts laut zu sagen.

Der Platz vor dem Haus, der Weg, die Wiese, sind von den Baumaschinen und den Arbeiten verheert: von lehmigen Lachen erweichtes Erdreich, tropfende Motoren, und Geräte unter schwarzen Plachen versteckt. Ihre Wiese mit den Stachelbeersträuchern, dem glatten, festgetretenen Weglein, ist aufgewühlt und versumpft.

Max schreitet munter voran. Er ist an solche Umgebung gewöhnt, hat wohl schon Ärgeres gesehen. Roswithas kürzeres Bein stößt bis an den Rist ins aufgeweichte Erdreich. Die festen Schuhe werden der Nässe und dem Schmutz wohl noch eine Weile standhalten, hofft sie. Sie sieht den Rücken des rasch Forteilenden vor sich, denn der Pfad läßt nicht Platz, nebeneinander zu gehen. Er bahnt sozusagen den Weg, in seine Stapfen hat sie zu treten, und in seinen Rücken duckt sie sich doch gern. Sein Rücken ist immer noch das Vertrauteste an ihm, dieser breite Kachelofenrücken, der würde wohl im Winter Wärme geben, wenn sie sich an ihm riebe.

Längst haben sie den engen, aufgeweichten Weg verlassen, aber Max hat sich noch nicht einmal nach ihr umgedreht. So kommen sie auf den Dorfplatz, den sie überqueren müssen. Der Regen und die mittägliche Stunde hat den Platz menschenleer gefegt. Max, immer noch stracks vor ihr; hinter ihm her Roswitha, sie lugt unter ihrem Schirm hervor, den sie sich von der Größe eines Zeltes wünscht. Hinter den Fenstern lauern Gesichter, von oben würden die Leute ihre seltsame Prozession belächeln. Roswitha schafft es nicht, sich Max zu nähern. Das rasche Gehen strengt sie an, schon jetzt schmerzen sie Hüfte und Oberschenkel. Schließlich ruft sie ihn. Erst beim zweiten Mal hört er sie, bleibt auch stehen und läßt sie näher kommen. Nun bemüht sie sich, an seiner Seite zu bleiben. Nebeneinander verlassen sie den Platz.

Max geht, als folge er einer Witterung. Läuft die Kastanienallee entlang, ohne zu zögern, biegt nach links in eine Seitenstraße ein, durcheilt sie, wandert durch die Siedlung mit den Einfamilienhäusern. Roswitha wundert sich nicht mehr und fragt nicht mehr nach seinem Wohin. Sie folgt ihm blindlings. Schließlich biegt er in einen Feldweg ein. Augenscheinlich steuert er nun auf den gestrüppbewachsenen Bahndamm zu. Roswitha hält sich hinter ihm. Die Straße ist jetzt ohne Belag, und ihre Schuhe treten in breiiges Erdreich. Sie sieht vor sich seine Sohlen, umschwappt von Lehm; mit seinen festen, stummen Schritten legt er ihr seine Spur, in der sie mit ihren Schuhen tief einsinkt. Dann beginnt er, den Bahndamm zu erklimmen. Doch schon rutscht er aus, sackt er in die Knie, rutscht ein Stück abwärts. Aus einer komischen Verrenkung, ins Gestrüpp verkrallt, ruft er Roswitha über die Schulter zu: Aufpassen! Sie ist zögernd im Wiesenknick stehengeblieben und hat Lust zu lachen. Max richtet sich auf und streift von seinen Schuhen den Lehm. Er klimmt nun mit der gebotenen Vorsicht in flachen Serpentinen den Hang hinauf, ohne wieder hinzufallen. Roswitha, die doch nicht gelacht hat, streift ebenfalls ihre Schuhe vom Lehm frei und beginnt den Hang zu ersteigen. Es erweist sich, seltsam genug, daß ihr auf der Steile ihr Gebrechen vorteilhaft ist. Sie preßt das kürzere Bein hangaufwärts zwischen das Strauchwerk und schiebt mit dem längeren ruckweise nach. Am Hang ist sie keine Hinkende mehr. Während vor ihren Augen Max gerutscht, gekniet, gefallen war, sich in die Stauden hatte verkrallen müssen, gelingt es ihr, aufrecht die Steile zu bewältigen.

Doch nun stehen sie vor ihrer eigentlichen Aufgabe, dem Schwellengehen. Max wartet nicht länger, er marschiert los, wendet sich noch einmal um, ruft ihr zu: Aufpassen! Dann ist und bleibt sie wieder hinter ihm. Anfangs versucht sie, sich von ihm die Technik des

Fortbewegens abzuschauen, aber bald gibt sie es auf, da sie sich, um nicht zu stürzen oder zu stolpern oder in den Granitbruch dazwischen zu tappen, auf die Schwellen konzentrieren muß, auf deren unregelmäßige Abstände. Sie sucht sich nun selbst zurechtzufinden. So schwierig, wie sie es sich vorgestellt hat, ist es nicht. Sie überlegt sich jeden Schritt, wiegt jede Entfernung ab; denn wenn sie auf dem schwächeren Fuß steht und mit dem gesunden die nächste Schwelle zu erreichen trachtet, so erfordert es ihre ganze Anspannung, auf dem schwachen Bein zu balancieren. Die Schienen schieben sich in einem weiten Bogen eine Anhöhe hinauf, hinein in ein Wäldchen, das oberhalb des Ortes liegt und einfach die »Höhe« genannt wird.

Es geht besser, als sie erwartet hat. Freilich, mit Max kann sie nicht Schritt halten. Sein Rücken, der ihr zwar zutraulich, aber auch plump und steinern vorgekommen ist, hat nun etwas Federndes bekommen. Sein Rückgrat und seine Hüften sind biegsam geworden. Er wippt vorwärts, die Kniegelenke federn bei weiter auseinanderliegenden Schwellen leicht nach, bei nahe zusammenliegenden hacken die Beine steif nach vor. Ein tänzelnder Schwellengeher, denkt Roswitha, er übertreibt.

Die Entfernung zwischen ihnen wächst. Sie rastet, um zu Atem zu kommen, und sieht ihm nach, bis er im Wäldchen verschwunden ist. Wenn er sich wenigstens einmal nach ihr umgedreht und ihr gar nicht so ungeschicktes Vorwärtskommen beachtet oder gar gelobt hätte! Nun sieht sie ihn nicht mehr, das Wäldchen hat ihn verschluckt. Wenn sie den Buchenhag erreichte, würde sie seine Gestalt wohl in der Ferne wieder sehen können, vielleicht wartete er doch auf sie. Durch den Wald führt eine längere, gerade Strecke, und auf der müßte er, wenn auch nur als Pünktchen, zu sehen sein. So müht sie sich, rascher zu werden. Das strengt sie unmäßig an, denn durch die Hast gleitet sie beinahe aus, kommt mit ihrem schwachen Fuß auf den Granitbruch, und die gegen ihre Sohlen gepreßten Steine tun ihr weh. Als sie innehält, sich aufrichtet, vom Schrecken, daß sie fast gestürzt wäre, sich erholt hat, sieht sie, daß sie ganz allein ist. Still liegen die Schienen vor und hinter ihr. Es regnet, und auf den Straßen, in den Gärten ist kein Mensch zu erblicken. Nur in der Ferne auf der Durchgangsstraße zischen Autos. Ihre Hände sind feucht und fleckig. Sie haben ihre gleichmäßige Blässe verloren. Sie friert. Es ist sinnlos, weiterzugehen, hinein in den Wald, ihm nach, ihm zu folgen, ihn zu suchen. Es ist gescheiter, umzukehren und heimzugehen. Vielleicht käme er zur Besinnung und würde zwischen den Bäumen auf sie warten. Wenn sie verschwunden bliebe, würde er zurücklaufen, um sie zu suchen, und alles wäre wieder gut.

In gleicher Weise, wie sie den Hang erklommen hat, steigt sie jetzt hinunter. Allerdings benützt sie nun den Regenschirm als Stock. Es regnet auf ihre neue Frisur. Wer weiß, wie es die Locken vertragen. Sie tastet mit dem gesunden Bein vor und stützt sich auf den Schirm. Es gelingt.

Immer wieder dreht sie sich um, ob Leimer aus dem Wald gelaufen käme. Dann ist sie auf der Hauptstraße, und die Häuser versperren ihr den Blick auf den Schienenweg.

Über die Stufen in ihrem Stiegenhaus patscht sie mit ihren schmutzigen Schuhen, auf dem Linoleum im Vorzimmer klatschen Lehmbrocken.

Niemals ist sie mit so dreckigen Schuhen in die Wohnung gekommen. Schon im Flur befreit sie sich davon, holt einen Kübel Wasser, wäscht die Schuhe ab und wischt den Boden auf.

Sie sieht Max vor sich, wie er sich den Bahndamm hinaufmüht, mit den in Grasbüscheln verkrampften Fingern zurückrutscht, wie er sich unbeholfen hochrafft, während sie, die Vorstellung geht mit ihr durch, geradezu gemsengleich hochgestelzt ist. Erst auf den Schwellen hat er seine Überlegenheit erreicht. Was ist das schon, auf den Schwellen, er, der ein Streckengeher gewesen ist und zwei gerade, gesunde Beine hat! Und was ist schließlich dabei, auf Schwellen zu gehen? Das ist doch nicht schwierig mit zwei gesunden Füßen. Ein stumpfsinniges Vorwärtsbewegen ist es, alles in allem; nur Bein- und nicht Kopfarbeit.

Roswitha schmerzt die Hüfte vom schnellen Gehen. Das wahrhaft Anstrengende ist ja der Anmarsch gewesen, zuvor die fehlende Mittagsruhe. Sie ist an diesem Sonntag schon viel länger auf den Beinen als Max, der seine Kräfte schonte; dennoch mußte sie ihm nach, stockte und keuchte; er nahm keine Rücksicht. Sie findet, sie hat sich gut gehalten. Das Schwellengehen an und für sich wäre bei trockenem Wetter und ausgeruht auch für sie nichts Besonderes. Vielleicht aber könnte sie sich in Zukunft damit begnügen, auf Bahndämme zu klettern, diese Fähigkeit sollte sie verfeinern.

Sie steht am Fenster, blickt in den Regen und wartet auf Leimer. Unter ihrem Fenster breitet sich die Umbruchlandschaft aus. Das macht sie nicht froh. Sie geht in die Küche, wärmt Wasser, will sich waschen und umziehen.

Schließlich ist alles getan, auch das Waschgeschirr verstaut. Es dunkelt. An diesem trüben Spätsommertag fällt die Dämmerung schon früh ein, als wäre man von einem Tag auf den anderen in eine spätere Jahreszeit gerutscht. Es kommt die Zeit, zu der sie gewöhnt sind, zu Abend zu essen.

Wieder sitzt sie am Fenster. Von ihren Füßen steigt Kälte herauf. Später steht sie auf und bereitet das Essen vor. Sie deckt den Tisch; als sie schon wieder halb auf dem Weg zum Fenster ist, zwingt sie sich zurück an den Herd und macht das Essen fertig. Dann stürzt sie wieder ans Fenster. Sie sucht Gründe, die sein langes Wegbleiben erklären könnten: Er hat nicht aufhören können, zu gehen; er ist in einen Gehrausch hineingegangen, hat ganz auf Zeit und Strecke vergessen. Vielleicht aber ist er gestürzt; obwohl er seinerzeit ein erfahrener Geher gewesen und, wie sie heute gesehen hat, auch augenblicklich wieder geworden ist, kann sie doch nicht völlig ausschließen, daß er auf den glitschigen Schwellen gestrauchelt sein könnte, als er, schon ermüdet vom langen Weg, unaufmerksam geworden und schließlich gestürzt ist und nicht weiterkonnte, auf den Schwellen liegt mit gebrochenen Beinen oder geprellten Knöcheln und der Zug herangestampft kommt mit seiner lauten Dampflokomotive und ihn überfahren hat. Um diese Stunde muß er ankommen, der Abendzug. Der ihn auf dem Gewissen hat.

Sie will sich ablenken und besinnt sich flüchtig, was heute noch zu tun wäre. Aber sie bewegt sich nicht von der Stelle, obwohl ihre Füße kälte- und blutstarr werden und ihr Rücken fühllos. Sie hat ihre Wange an ihr Knie geschmiegt und die Beine mit ihren Armen umschlungen. Den Blick hält sie zum Fenster hinausgerichtet, immer den gleichen Ausschnitt vor Augen, die Hollerstaude, neben der Max sichtbar werden müßte, wenn er käme.

Die Eltern waren nicht mehr zurückgekommen. Daß sie vor dreißig Jahren hier gesessen und vergeblich gewartet hatte, mit der gleichen starren Angst, ist für sie ein Zeichen. Es wiederholt sich alles, schreit es in ihr, das ist das Schicksal! O dieser Straßenverkehr! Die Postbusse hatten das Verhängnis für ihre Eltern eingeleitet. Seitdem ist ihnen Roswitha aus dem Weg gegangen. Sie verreist nicht. Der tödliche Ausflug war einer Laune des Vaters entsprungen, der vom Postbus-Chauffeur zum Meister in der Postbusreparaturwerkstätte befördert worden war. Mit seiner Frau wollte er sich zum letzten und einzigen Mal auf dieser Strecke als Passagier kutschieren lassen. Mehr als zwanzig Jahre hindurch hatte er sie, hinter dem Lenkrad sitzend, in Ausübung seines Berufes befahren. Roswitha, die allein zurückgeblieben war, hatte ihnen nachgeschaut, bis sie hinter der Hollerstaude verschwunden waren, sie hatten sich aber nicht umgedreht; sie waren den Weg auch nicht mehr zurückgekommen. Roswitha war eine ganze Nacht stumm am Fenster gesessen. Am Morgen war die Schwester mit dem Schwager hinter der Hollerstaude hervorgekommen und auf ihr Haus zugegangen statt der Eltern, und Roswitha war mit einem Aufschrei – sie war ja damals fast noch ein Kind gewesen, vierzehnjährig – die Stufen hinunter und zum Haustor hinausgestürzt, denn sie hatte auf einmal alles schon gewußt. Das Gesicht der Schwester hatte ihr die Todesnachricht überbracht. Die Lokalzeitungen waren am nächsten Tag voll von dem Unglücksfall gewesen. In einer unübersichtlichen Kurve sei dem Postbus ein Lastauto entgegengekommen, der Fahrer habe sofort scharf gebremst, die Bremsen hätten blockiert, der Bus habe das Geländer durchbrochen und sei in den Haselgraben gekollert. Der Fahrer und die Eltern, die vorschriftswidrig vorne neben dem Lenker gestanden seien, waren schwer verletzt auf dem Weg ins Krankenhaus verstorben. Die anderen Mitreisenden, es waren noch drei ältere Frauen und zwei junge Männer im Bus gewesen, waren mit blauen Flecken davongekommen. Sie gaben später den Gendarmen einhellig zu Protokoll, daß Roswithas Vater den ganzen Bus mit seinen Späßen unterhalten habe; die alten Frauen und die jungen Männer behaupteten, sie hätten selten eine so lustige Fahrt erlebt. Unzählige Anekdoten aus seinem Fahrerleben habe der Vater zum besten gegeben und dabei habe er den Arm um die Mutter gelegt, die immer wieder eingeworfen habe, mit diesen Witzen werde es in der Werkstätte vorbei sein. Dort werde es anders zugehen.

Diesen fröhlichen, die Leute zum Lachen bringenden Vater hatte Roswitha nicht gekannt. In den ersten Jahren nach seinem Tod hatte sie immer wieder seine Anzüge betrachtet und am Anfang auch ihr Gesicht in den Jacken vergraben, an denen noch sein Geruch haftete, und den breiten Ledergurt betastet, den er so geschickt aus den Schlaufen seiner Hose ziehen konnte, daß es nur so ratschte, und den er auf ihren Hintern niederklatschen ließ, wenn sie sich gegen seine oder der Mutter oder des Katecheten oder des Lehrers Anweisungen vergangen hatte. Er tat das, weil er sie liebte. Er machte sich die Mühe nach einem langen, anstrengenden Arbeitstag, sich seine ungezogene Tochter, diesen Fratz, vorzunehmen. Sie erwartete manchmal mit Ungeduld, manchmal mit Spannung das Strafgericht, das immer eintrat und das in ihr, wenn es vorbei war und sie mit ihren Fingerkuppen über die roten Striemen tastete, das Gefühl einer wiederhergestellten Ordnung erzeugte. Der Vater hatte sich um sie gekümmert. Seine Schläge ließ er wortlos auf ihren verlängerten Rücken niederprasseln (weil sie ein Mädchen war, durfte sie die Kleider dabei anbehalten, einen Sohn, so sagte der Vater, hätte er auf den nackten ... er hatte aber keinen Sohn), nur das Schnalzen des Leders, wenn der Vater ausholte, und sein schweres Atmen waren zu hören. Sein Keuchen gehörte ihr. Sie gehörte dem Vater, der hatte immer recht. Die Mutter war hinter dem Vater nie richtig sichtbar geworden. Sie hatte sie nie geschlagen. Um den Vater kann sie nicht wirklich aufhören zu trauern. Die Mutter ist längst schon tot. Manchmal war sie zornig auf den toten Vater geworden, weil sie das Gefühl hatte, er habe ihr etwas vorenthalten. Diesen Spaßmacher hatte sie nicht gekannt. Es fällt ihr auf, daß sie, seit Max Leimer in ihr Leben getreten ist, auf ihren Vater fast vergessen hat. Und daß sie sich ganz wohl fühlt dabei. Doch nun sitzt sie wieder wie damals am Fenster und wartet und starrt hinaus und rührt sich nicht und fürchtet, sich zu bewegen und damit etwas ins Rollen zu bringen, dem sie nicht gewachsen wäre. Sie verhält sich ruhig, Angst und Seelennot sind wie auf Eis gelegt. Gedanken bringt sie keine mehr zuwege in den Stunden, in denen sie Max erwartet, vielmehr nicht mehr erwartet, nur noch das Verhängnis, das für sie bereits vollzogen ist.

Inzwischen ist es finster geworden und die Hollerstaude längst von der Dunkelheit verschluckt; so wäre das Kommen des Mannes keinesfalls mehr zu erkennen. Aber Roswitha rührt sich nicht vom Fleck, hingehext ist sie. Nun, da ihre Augen in der schwarzen Nacht nichts mehr sehen können, hat sie sie geschlossen. Alles in ihr lauscht. Jedes Beben des Fußbodens, jede leise Auf- und Anrührung würde sie orten mit ihrer hochgeschraubten Hörerwartung. Sie nimmt die alltäglichen Geräusche wahr, dieses Konzert von Gewisper und Getappe, Knirschen und Klopfen, daß es in ihr schwirrt und es ihr in den Ohren saust, sie zu einem zitternden Empfänger mit aufgestellten Antennen wird.

Irgendwann hört sie ihn kommen. Von der Hollerstaude weg sind seine Schritte zu hören. Sie schnellt nicht hoch, sie bleibt in ihrer verschlungenen Stellung, aber ihr Körper erwacht, er pulst und hämmert; nun patschen die Schritte in den Lachen. Da reißt sie sich aus ihrer Verklammerung und taumelt auf die Beine, reibt sich Wade und Schienbein, die jetzt zu stechen beginnen. Das ist das Leben, das zurückkehrt. Schon tut ihr alles weh, und schon plumpsen seine Schritte im Stiegenhaus. Stockende Schritte, veränderte. Oder fremde? Dann denkt sie: Ist er verletzt? Jetzt wird der Schlüssel im Schloß herumgedreht. Sie greift sich an die Frisur und stolpert zum Lichtschalter. Da steht er auch schon auf der Schwelle und reißt die Tür auf, daß sie gegen die Wand schlägt. Sie blinzeln einander aus kleinen Augen an, beide vom Licht geblendet. Er schwankt ein wenig und tappt mit schmutzigen Schuhen herein. Jeder Schritt pappt einen wäßrigen Erdklumpen auf den Boden. Der ersehnte Mann torkelt und grinst sie an, worüber sie erschrickt. Er stinkt nach Rauch. Den Geruch kennt sie von ihrem Vater. Sie weicht Max aus. Schleppend erzählt er etwas von Wirtshaus und Freunden. Er nennt auch Namen, die Roswitha noch nie gehört hat. Die waren auch da, sagt er, und er habe mit seinen Messern geworfen und gewonnen. Alle habe er besiegt. Er sei der Sieger geblieben. Er läßt sich auf den Schemel fallen und sitzt nun ganz tief unten, daß Roswitha auf ihn hinunterschauen und sich einbilden kann, er knie vor ihr. Nein, das doch nicht, schlägt sie sich in Gedanken auf den Mund. Max hat Mühe mit seinen Schuhen. Er will sie sich abstreifen, dabei tritt er mit dem einen Fuß gegen die Ferse des anderen. Roswitha schaut auf den strampelnden Mann, dann auf die lehmigen Lachen auf dem Linoleum, dann wieder auf den Mann, der sich noch immer erfolglos und keuchend mit seinem Schuhwerk abmüht. Stiefelknecht, schreit er, her mit einem Stiefelknecht, und schreit immer lauter. Psst, sagt Roswitha. Aber es kann sie ja niemand hören. Da kniet sie sich vor ihn hin und nestelt mit ihren schönen Fingern, den rundgepflegten Nägeln, an den verknoteten Bändern. Max richtet schwerfällig seinen Oberkörper auf und lehnt sich zurück, den Kopf läßt er gegen die Wand fallen. Zwischen halb geschlossenen Lidern glotzt er auf die gebuckelte Gestalt, die ihm die Schuhbänder löst.

Er hockt, sein Atem pfeift leise. Er grinst unentwegt. Roswitha sieht ihren geschickten Fingern beim Aufdröseln der Bänder zu, die Knoten sind schließlich entwirrt. Sie müht sich mit seinen Schuhen ab. Er läßt es geschehen, als ob es ihn nichts angehe. Endlich preßt sie die Schuhe, die durch und durch naß und lehmverkrustet sind, von seinen Füßen. Max beginnt vor Lachen zu brüllen und versetzt der Hockenden einen Fußtritt, daß sie zur Seite kippt, und schreit: Stiefelknecht! Roswitha rappelt sich eilig auf, sie weiß, das war nicht böse von ihm gemeint, er lacht, und es ist ihm ein Spaß; doch die Schuhe stellt sie gleich in die Waschschüssel, schrubbt sie sauber und stopft sie mit Zeitungspapier aus. Zuletzt wischt sie noch das Vorzimmer auf. Roswitha hat neue Kräfte. Max sitzt noch immer auf seinem Schemel in der Ecke und sieht ihr zu. Manchmal seufzt er. Roswitha wendet den Kopf über ihrem Putzlappen: Ist ihm schlecht oder will er etwas sagen? Aber er schweigt. Und es ist gut, daß er da ist.

Schließlich, als sie mit allen Putzarbeiten fertig ist, läßt sie ihn allein und zieht sich in ihre Werkstätte zurück. Es ist schon nach Mitternacht und höchste Zeit für sie, schlafen zu gehen.

Roswitha deckt sich ihr Bett auf, schlüpft in das Nachthemd, da öffnet sich die Tür, und Max kommt, ohne anzuklopfen, in ihr Zimmer. Er ist ausgezogen und gewaschen. Seine Augenbrauen glänzen feucht, und seine Haare sind naß und streng nach hinten geglättet. Er trägt nichts als eine graublaue, an mehreren Stellen zerrissene Unterhose. Was fällt ihm ein, entsetzt sich Roswitha, mich mit seiner behaarten Brust, seinen Schenkeln, seinen Waden gleichsam zu überfallen. Rasch schaut sie von der zerrissenen Unterhose weg (die Löcher mahnen sie auch an ihre Pflicht, sie zu stopfen) und betrachtet angelegentlich das rotschwarze Pepitamuster ihrer Hausschlapfen. Ich muß ihn zur Rede stellen, denkt sie. Doch da packen sie seine Hände an den Schultern, er riecht nach Seife. Na, sagt er und stößt mit seinem Knie gegen ihren Oberschenkel, na. Ich müßte ihn zurückweisen, denkt Roswitha, eine anständige Frau läßt sich nicht so behandeln. Sie will erobert sein, doch zuerst belagert, mit Ausdauer, und dann erstürmt. Roswitha sähe gern alles romantisch. Sie sehnt sich nach Komplimenten, Schmeicheleien, Zärtlichkeiten, Liebesschwüren. Davon hat sie gehört, gelesen, und in Filmen wurde es vorgezeigt. Außerdem steht in ihrem Aufklärungsbuch der Satz: »Keine Frau braucht sich ihrer natürlichen Gefühle zu schämen, wohl aber muß sie sich hüten, ihre Selbstbeherrschung zu verlieren und ihre Würde zu opfern.« Diesen Satz hat sich Roswitha zur Maxime erhoben. Würde, Selbstbeherrschung, oberste Frauentugenden. Nein, heute würde sie seiner Werbung nicht nachgeben, mochte er noch so sehr flehen.

Daran denkt Max aber auch gar nicht. Komm, fordert er sie knapp auf, stößt nochmals mit dem Knie nach ihr, diesmal gegen ihren Hintern. Vorwärts! Trutsch, blöde! Bist doch kein junges Mensch mehr.

Roswitha ist ratlos, deshalb rührt sie sich nicht von der Stelle. Er läßt von ihr ab: Willst oder willst nicht? Zu ihrem eigenen Erstaunen hört sich Roswitha flüstern: Weiß nicht. Es gehört sich nicht. Da beginnt Max wieder unbändig zu lachen, gehört sich nicht, gehört sich nicht, packt sie um die Taille und schiebt sie durch den Gang, durch den finsteren Flur ins Schlafzimmer. Roswitha läßt sich vorwärtsstoßen und glaubt, damit wenigstens einen gewissen Widerstand anzudeuten.

Stell dich nicht so an, keucht er, als sie steif wie ein Stock vor dem Bett stehenbleibt. Hinlegen, befiehlt er, verdammt! Da legt sie sich gehorsam hin, denn nun hat sie schon Angst, er könnte wieder von ihr ablassen, so nebensächlich, ja lästig scheint ihm plötzlich sein Vorhaben zu sein. Dabei hat sie in ihrem Buch gelesen und genau behalten, daß der Sexualtrieb vor allem für den Mann von größter Wichtigkeit sei und der Mann von Natur aus der werbende, angreifende und gebende Teil sei. Die Frau aber das Gegenteil.

Bist denn am Ende noch, das gibt es doch nicht, bist noch eine Jungfrau? fragt er. Roswitha errötet, aber das kann er gottlob in der Finsternis nicht sehen. Sie schweigt und liegt auf dem Rücken und preßt beide Hände an die Seiten. Max streift seine Unterhose ab und wirft sich neben sie. Eine Jungfer, sagt er, eine alte Jungfer, und fängt wieder an zu lachen. Dann geht er fachkundig und ohne Umwege ans Werk und auf ihren Körper los. Das Nachthemd ist rasch hochgeschoben, die Unterhose von den Hüften gezerrt, die Schenkel gespreizt. Bleib so, ordnet er an, die sich vor Angst, etwas falsch zu machen, nicht zu rühren wagt, nur zittert. Scham erhitzt ihren Körper wie ein Fieber: Jungfrau, unberührt, mit 42 Jahren.

Dann kniet er sich über sie, bringt sein Geschlecht in Anschlag, das kann Roswitha nicht sehen, weil es ganz schwarz um sie ist, weil es überhaupt nichts zu sehen gibt, aber sie spürt dann etwas Lebendiges zwischen ihren tapfer gespreizten Beinen hüpfen, nicht kalt, nicht warm, nicht hart, nicht weich. Er stellt ihr Becken schräg, rückt sie nochmals zurecht, sucht mit seinen Händen ihre Öffnung, grätscht darin seine Finger, das tut weh, und pappt einen dicken Klumpen Speichel auf ihre Scheide. Roswitha merkt sich alles, damit sie es sich später selbst erzählen kann. Er gibt keine Anweisungen mehr, er besteht nur noch aus Handgriffen und lautem Schnauben. Das Schnauben schreibt sich Roswitha gut, so wie den Koffer, mit dem er zu ihr gekommen ist. Sie scheint dem Mann mehr Müh' als Lohn, mehr Fleiß als Preis bieten zu können. Daß es ihm trotz seiner umsichtigen Vorbereitungen mit seinem stolzen Schwellkörper so schwerfällt, in sie einzufahren, bekümmert sie. Angestrengt hält sie ihre Beine gespreizt, und er prallt gegen ihren Mittelpunkt wie gegen eine Wand. Schließlich nimmt er sich bei der Hand und preßt und reibt sich in sie hinein. Das Entjungfern tue weh, hat Roswitha gelesen. Jedenfalls ist es unangenehm. Und es zieht sich hin. Trotzdem betrachtet sie seine Körperbewegungen, die Größe und Stärke seines Gliedes, das nun, wie sie spürt, ihren Bauchraum auszufüllen scheint, und das Keuchen und den Schweiß des Mannes als ihr Werk. Diese Männerhaut, diese rauhe, leicht stachelige, die sich später feucht anfühlt und die schließlich dumpf und warm erschlafft, als sich sein Atem beruhigt, hat sie vom Hals bis zu den Knien gefühlt wie eine Huldigung.

Jetzt ist es vorbei. Max richtet sich auf den Knien auf und wischt sich das Geschlecht ab. Roswitha ist es zum Weinen. Auch das, weiß sie, ist natürlich nach dem ersten Mal. Sie setzt sich auf, sucht nach ihrer Unterhose, die sich an der Fessel ihres Beines knäuelt, schiebt sie hoch, steigt aus dem Bett und schleicht, von Max unbemerkt, der sofort eingeschlafen ist, aus dem Zimmer.

Beim Gehen legt sich eine warme Feuchtigkeit zwischen ihre Beine, die auf ihrer Unterhose erkaltet.

Sie ist todmüde, doch sie muß sich noch waschen, bevor sie zu Bett gehen kann. Im Lavoir mischt sie sich ein warmes, zärtliches Schaumbad. Damit schwemmt sie sich das Fremde aus ihrem Körper. Danach räumt sie die Waschutensilien wieder an ihren Platz.

Im Bett schluchzt sie eine Weile vor sich hin, was sie beruhigt. Endlich schläft sie ein; und es ist alles, als wäre nichts gewesen.

Wenige Stunden später fährt sie aus dem Schlaf hoch. Sie öffnet die Augen. Auf der Bettdecke locken spinnenwendig ihre Finger.

Gestern nacht also ist es passiert. Roswitha erlebt es während des Tages noch viele Male wieder: ob sie die Nadel zierlich durch feinen Chiffon führt oder ob sie eine Nähmaschinennaht rattert; immer wieder zieht das Ereignis in einzelne Bilder zerstückelt vor ihrem inneren Auge vorbei. Um Ordnung in ihre Gedanken zu bringen, versucht sie, das Erlebte zu einem Resultat zusammenzufassen. Sie fragt sich: Was habe ich mir erwartet? Wie habe ich mir das erste Mal vorgestellt, und wie ist es wirklich gewesen? Was ist unter dem Strich dabei für mich herausgekommen?

Sie hat es sich oft erträumt, früher ganz oft, als sie noch jünger war, in letzter Zeit freilich schon seltener, und gerade jetzt ist es geschehen. Sie muß sich eingestehen, daß sie ernüchtert ist. Es war wie beim Frauenarzt. Vorher ein bißchen schweißnasse Hände und Harndrang vor Aufregung und hinterher eine bescheidene Genugtuung, es hinter sich gebracht zu haben. Aber jetzt ist sie auch ein bißchen stolz. Ein Mann hat sie begehrt, sie hat ihn entbrannt, ganz erpicht war er auf sie gewesen. Das ist neu, sie ist zu einem Gegenstand des Gelüsts, der Begierde geworden. Er begehrte, ich gewährte, fällt ihr ein, und sie lacht leise, weil es sich reimt. Ich kann gewähren, aber auch verwehren. Noch ein Reim. Ich bin eine Frau und habe eine Macht, meint sie, seit dieser Nacht. Davon steht nichts in den Aufklärungsbüchern. Mein weiblicher Körper hat sich bewährt. Jetzt bin ich erleichtert. Ich fühle mich in Betrieb genommen. Ich mag es, wenn alles in mir und um mich funktioniert.

Sonst hat sich zwischen ihnen nichts verändert. Beim Frühstück schweigt er, ist stumm und stumpf lediglich dem Kaffee und den Broten zugeneigt und kommt nicht einmal mit einem Wimpernzucken auf den nächtlichen Vorfall zurück. Doch nach dem Frühstück, als er gegangen ist, treibt es Roswitha ins Schlafzimmer an sein Bett. Und siehe da, es ist zum ersten Mal nicht geordnet, nicht geglättet. Kissen und Tuchent knüllen auf der Matratze, das Leintuch ist anstößig verschoben. Alles wartet auf ihre ordnenden Hände. Und sie ist die Goldmarie und schüttelt Federbett und Kissen auf, spannt das Leintuch neu und ist – seltsam genug – zufrieden. Er hat Hand an sie gelegt, sie legt Hand an sein Bett, und auf diese Weise sind sie einander verbunden, quasi Hand in Hand, ihre Hände sind ineinandergelegt. Verlobt, flüstert sie und lächelt, selbst erstaunt und beglückt über ihre tiefen Gedanken. Dann nimmt sie ein zweites Laken und richtet sich das Bett an seiner Seite.

Am Nachmittag ist Lotte, wiederum unerwartet, erschienen. Sie bringt Roswitha eine schriftliche Einladung zur ersten Vorbesprechung der Theateraufführung am kommenden Mittwoch im Pfarrsaal um 20 Uhr. Lotte würde sie abholen.

Lotte ist wieder sehr in Eile, dennoch legt sie der Freundin das Treffen wortreich ans Herz. Roswitha gehöre unter Menschen. Sie lebe zu zurückgezogen, meint Lotte. Roswitha lächelt und sieht ihre Stunde gekommen. Sie gesteht, daß sie seit wenigen Tagen ganz und gar nicht mehr allein sei. Lotte sagt: Da bin ich ja sprachlos. Sie ist auf einmal gar nicht mehr fröhlich, sondern verstimmt, und meint nur, daß sie gerne alles genau wissen wolle und wer und woher, und daß Roswitha ein stilles Wasser sei, und eigentlich sei sie ein wenig beleidigt wegen soviel Geheimnistuerei, und daß sie doch mit Rat und Tat und immer bereit sei und leider jetzt keine Zeit mehr habe und daß Roswitha aufpassen solle, daß sie nicht draufzahle. Und husch ist Lotte aus der Wohnung und aus dem Haus.

Sie hat die Einladung auf das Dirndlkleid der Pfarrbibliothekarin hinflattern lassen. Fräulein Grete hat eine Schlankheitskur gemacht und braucht nun engere Nähte. Roswitha nimmt das Dirndlkleid mit dem roten Oberteil und den schwarzen Samtborten und schiebt es über die Schneiderpuppe. Dann liest sie das Papier. Sie versteht nicht, was sie auf einer solchen »Sitzung« soll, doch hängt die Einladung offensichtlich mit ihrer Unterstützungserklärung zusammen.

Später sieht sie Max unterhalb ihres Nähzimmers schuften. Da vergißt sie auf Theater und Kultur und betrachtet eine Weile seinen gekrümmten Rücken. Er schichtet wieder einmal Bohlen aufeinander, hat keinen Helfer und plagt sich hörbar damit ab. Sein Keuchen ist bis zu ihr herauf zu vernehmen. Da tritt sie vom Fenster zurück, setzt sich und legt ihre Hände ineinander. Immer noch hört sie ihn arbeiten, laut atmen, und daß er die Hölzer gegeneinander schiebt und reibt. Sie rückt mit ihrem Stuhl wieder näher ans Fenster heran, äugt verstohlen auf den keuchenden Arbeiter, preßt gleichzeitig die Handflächen gegen ihren Mund, zieht ihre Finger einzeln über ihre Schneidezähne, leckt sie und beißt auf die Fingergelenke. Später klebt sie drei Pflästerchen auf die kleinen Wunden, damit kein Blutstropfen auf ihre Näherei fallen kann; nimmt sich Fräulein Gretes Dirndlkleid vor, setzt sich damit an die Nähmaschine und macht die Nähte enger. Danach zieht sie es wieder der Schneiderpuppe über, schließt die Knöpfe und die Haken, sieht, daß es paßt, und ist zufrieden. Max ist inzwischen auch mit seiner Arbeit fertig geworden. Gleich ist Feierabend.

Heute kommt er rechtzeitig zum Abendessen. Es klappt alles wie am Schnürchen. Die Waschgelegenheit ist im Vorzimmer gerichtet. In der Küche ist der Tisch gedeckt. Sie erzählt Max von Lotte, die sie zu einer Sitzung über eine geplante Theateraufführung eingeladen hat. Er wiederholt »Theateraufführung«, es klingt aus seinem Mund wie ein Wort aus einer fremden Sprache. Das ist nichts für mich, sagt er schließlich, ich tu lieber messerln. Roswitha fragt, was das sei, »messerln«. Das Wort habe er für sein Messerwerfen erfunden. Sie fragt, ob er ihr das Messerln zeigen würde, sie könne sich darunter nichts vorstellen. Jawohl, sagt Max, und geht ins Schlafzimmer. Roswitha klopft das Herz, und sie sagt zu sich: Wahrscheinlich bin ich jetzt glücklich.

Im Schlafzimmer sieht er, daß das Bett neben dem

seinen mit dem gleichen Blümchen-Bettzeug bezogen ist. Er bleibt eine Weile vor der Wand stehen, an der das farbenprächtige Bild des mit sieben Schwertern durchbohrten Herzens hängt. Das Herz ist glutrot, die sieben Schwerter stecken bis ans Heft im Herzen und schauen mit ihren Spitzen am anderen Ende wieder heraus. Die Spitzen sind bläulich. Zwischen den beiden Herzrundungen oben züngeln gelbe Flammen. Unterhalb des Herzens halten zwei Hände eine Lilie, deren weiße Blüten sich oberhalb des Feuerchens entfalten. Ein Gesicht ist auf dem Bild nicht zu sehen. Das ist seltsam, aber nicht zum Lachen. Max zieht aus den Schlaufen seines Messerschreines fünf kleinere Klappmesser heraus, prüft ihren Mechanismus, schaut sich im Zimmer um, betrachtet das Bild, das messingne Bettgestänge, das zweite Bettzeug, und da ist es ihm doch zum Lachen, und er fängt an loszuprusten und kann sich gar nicht mehr fangen, und wiehert und biegt sich. Der Lärm ruft Roswitha herbei. Sie weiß nicht, was sie von dem Gelächter halten soll. Das Gesicht von Max ist blaurot und verzerrt. Er hat sich auf das Bett geworfen und strampelt mit den Beinen. Er ist verrückt geworden, denkt Roswitha, oder hat er den Veitstanz? Oder ist ihm nur lustig? Da könnte sie ja auch mitlachen. Und sie versucht es. Max macht eine Verschnaufpause und wischt sich die Tränen aus den Augen, er sieht Roswitha dastehen und fängt gleich wieder an zu lachen, dabei stößt er sie mit seinen Fäusten. Das ist vielleicht noch ein Spaß, denkt Roswitha, es tut aber weh, und sie versucht, seinen Boxhieben auszuweichen. Da wird er zum Jäger, er springt auf und neckt sie mit seinen Fäusten zum Scherz und Schmerz. Roswitha hat nun genug; und auch Angst vor seinem aufgerissenen Mund, in dem sich die fleischige Zunge rollt. Sie will zurück in die Küche, vielleicht aus dem Haus. Max will aber mit ihr spielen, so scheint es, sie ist ein Spielverderber, deshalb treibt er sie durch das Zimmer auf das Bett zu, und da liegt sie nun. Nicht! schreit sie. Da wirft er sich über sie. Ich bin wehrlos, sagt sich Roswitha. Er bohrt seinen Ellenbogen gegen ihre Schulter und drückt sie in die Kissen, die andere Hand greift unter ihr Kleid. Wie geschickt er sich selbst frei macht, und wie rasch er sein Glied in sie gestoßen hat! Aus dem gestrigen Tölpel ist ein Meister geworden. Roswitha weiß es allerdings nicht zu schätzen. Ihr Becken ist der Tanzboden, auf dem er einen Schuhplattler stampft. Das steht alles nicht in ihrem Aufklärungsbuch. Während des Treibens hatten sich einige der Pflästerchen auf ihrem Handrücken gelöst, und aus den kleinen Wunden tröpfelt Blut. Sie saugt an den blutenden Stellen, lutscht ihr Schluchzen über den Handrücken. Und eine Spanne über sich sieht sie Leimers rotes Gesicht, den Mund blöde verzogen, sein Keuchen ist rostig geworden, und die zurückgezogenen Lippen lassen nun auch die fauligen Zähne sehen. Er entlädt sich bald. Das hat etwas Mitreißendes. Aber leider tut ihr alles weh. Was alles? Alles. Alles. Dann fällt er neben sie, ist augenblicklich lammfromm. Aber ihr ist zum Weinen. Sie bleibt liegen und schluchzt laut, er soll es hören, denn er soll sie trösten. Max rührt sich, er rappelt sich brummelnd hoch, knöpft sich die Hose zu und geht in die Küche. Roswitha hört, daß er sich eine Zigarette anzündet, und dann seine tiefen Raucheratemzüge. Da bleiben ihr die Tränen im Halse stecken, sie schleicht sich durch den Gang in ihre Werkstätte zurück und denkt, daß sie vielleicht auch mit dem Rauchen anfangen sollte. Inzwischen dämmert es. Sie tritt ans offene Fenster. Es riecht schon nach Herbst. Die vergitterten Fenster des Gefängnistraktes haften schwarz auf der mit Flutlicht bestrahlten Fassade. Zwei Aufseher patrouillieren mit geschulterten Gewehren hinter dem Stacheldrahtzaun. Sie schlendern, der eine in diese, der andere in jene Richtung, drehen um und kommen dann wieder aufeinander zu. In der Mitte des langgestreckten Traktes steht ein schmales, an eine altmodische Telefonzelle erinnerndes Wartehäuschen. Wenn die Bewacher dort angekommen sind, machen sie kehrt und spazieren dieselbe Strecke zurück. Bei schlechtem Wetter hält sich immer abwechselnd ein Wachbeamter im Häuschen auf.

Früher, als es noch keinen Stacheldrahtzaun entlang des Gefängnisses gab, war es immer wieder einzelnen Insassen gelungen, trotz der Aufpasser zu entfliehen. Man hörte und las von waghalsigen Unternehmungen, von zu Seilen geflochtenen Leintüchern, von abgesägten Gittern, von Flüchtigen, die den Fluß durchschwammen, um am anderen Ufer, von Komplizen mit Kleidung versorgt, weiterzukommen. Nicht allzuweit im allgemeinen. Fast alle Ausbrecher wurden innerhalb weniger Tage aufgegriffen. Manche kamen sogar von selbst wieder zurück.

Der hohe Stacheldrahtzaun und die aufmerksame menschliche Überwachung lassen heute keinen mehr entkommen. Roswitha seufzt, weil ihr wieder Max einfällt und alles andere. Sie bleibt am Fenster stehen und verfolgt die Männer, die lautlos und stetig im Schein des rotgelben Flutlichtes auf und ab gehen. Alles ist ruhig.

Die Stille scheint sich von den schwarzen Fenstervierecken aus zu verbreiten. Selbst das Rauschen des Flusses kommt ihr heute nur wie ein leises Murmeln vor. Und sie beruhigt sich. Wachen die Bewacher nicht auch für sie? Sie beschützen die Freiheit der Freien und bewachen die Unfreiheit der Eingesperrten. Roswitha bildet sich etwas ein auf diesen Gedanken. Gerne hätte sie ihn jemandem mitgeteilt, bevor sie ihn wieder vergißt. Seltsam, sinniert sie, ausgerechnet jetzt, und warum erst heute dieser tiefe Gedanke, wo ich das Gefangenenhaus mehr als gewöhnt bin, es gehört ja zu meinem Leben wie der Pfarrergarten, wie die Kirche und wie die Zuchthäusler. Mich beruhigt die Ordnung, die Regelmäßigkeit, das Berechenbare, erkennt sie. Es ist so vieles in ihrem Leben in Bewegung geraten, aber die Kirche und die Strafanstalt im ehemaligen Klostergebäude, der Stacheldraht und die patrouillierenden Aufseher sind wie für die Ewigkeit gemacht. Das bleibt. Fast täglich begegnen Roswitha beim Einkaufen kleinere oder größere Gruppen von Sträflingen, die begleitet von Wachpersonal grau und im Gleichschritt unterwegs sind. Sie hat sie bisher kaum je beachtet. Es ist ihr kein Gesicht in Erinnerung geblieben. Das einzige Kennzeichen, das jedes persönliche Merkmal auszulöschen scheint, ist die dunkelgraue, grobe Drillichkleidung mit dem schwarzen Großbuchstaben »Z« auf der Jacke. Z für Zuchthaus.

Die Leute und auch Lotte, deren Mann Justizwachbeamter ist, und die es wissen müssen, behaupten, daß es denen da drinnen zu gut gehe. Es sei fast ein Sanatorium. Es seien nicht so wenige, die immer wieder krumme Dinge drehten, nur um, kaum hatte man sie entlassen, wieder eingeliefert zu werden. Da bekämen sie zu essen, hätten ein Bett und ein Dach über dem Kopf. Es fehle ihnen im Gefangenenhaus nichts, außer, naturgemäß, die Freiheit. Doch auch die Freiheit könne man sich, wie alles, abgewöhnen.

Der beste Beweis dafür sei der Star der Anstalt, der Lustmörder, der drei Frauen mit einem Hammer erschlagen habe, darunter eine Krankenschwester, die mit dem Chefarzt ein Verhältnis hatte und von ihm schwanger gewesen sei, wie erst die Obduktion ergeben habe, und der nach Verbüßung seiner lebenslangen Freiheitsstrafe, das sind hierzulande fünfzehn Jahre, sich geweigert habe, die Anstalt zu verlassen. Die Freiheit mache ihm angst. Das reichte, ihn vom Zuchthaus in die landeshauptstädtische Irrenanstalt zu überstellen. Er sehne sich aber nach seinem Kerker zurück.

So etwas spricht doch für die angenehmen Zustände im Gefängnis. Deshalb kann Roswitha mit gründlichem Wohlbehagen am Fenster stehen und einmal den Trakt mit den Arrestzellen und den Wachmännern und ein anderes Mal die heller bestrahlte Kirche mit den grünspanigen Zwiebeltürmchen betrachten. Kirche und Gefängnis sind architektonisch nicht zu trennen. Nur eine Innenmauer grenzt das Gottes- vom Strafhaus ab.

Müde ist sie, aber auch entspannt. Sie geht ins Schlafzimmer. Max rührt sich nicht mehr. Er schläft schon tief. Sie schlüpft, ohne Licht zu machen, an seine Seite, um zum ersten Mal neben ihm einzuschlafen. Das ist schneller gekommen, als sie gedacht hatte. Heute vergißt sie sogar, sich zu waschen. Das fällt ihr später ein, und sie erschrickt ein wenig. Doch da ist sie schon im Halbschlaf. Irgendwann in der Nacht wird sie wach. Max schnarcht.

Nun haben sie auch ihre Werkstattseite eingerüstet. Lediglich die Schlafzimmerseite scheint unbehelligt zu bleiben. Dorthin flieht sie vor Lärm und Schmutz. Tagsüber kann sie kein Fenster mehr öffnen. An drei Seiten des Hauses schlagen sie gleichzeitig den Verputz herunter. Der Staub legt sich auf die Fensterscheiben, die beinahe undurchsichtig geworden sind. Die feinen Körnchen dringen durch alle Ritzen, Roswitha meint den Staub sogar zwischen ihren Zähnen knirschen zu hören. Die Arbeiten und die sie rings umgebende Verwüstung haben sie nervös gemacht. Das Nähen geht ihr nicht mehr von der Hand. Überall liegt Staub; wohin sie auch greift, überall bröselt und knirscht es, zwischen ihren Händen, unter den Fingernägeln, auf den Fingerkuppen; das blanke Metall der Nähmaschine muß oft und oft abgewischt werden. Und ein grauer Film auf den Möbeln, auf dem Linoleum. Ihr ganzer Körper, meint sie zu spüren, ist zeitweise von einer kratzenden Überhaut umhüllt. Mittags fragt sie Max, wie lange denn das noch gehe. Sie verliere schon den Appetit. Sie meine zwischen Knödeln auf Sand zu beißen. Der abgeschlagene Mörtel scheine sich auf Salat und Fleisch verteilen zu wollen. Ob er, Max, denn nichts merke? Ob ihn denn nichts störe? Max schüttelt den Kopf und stellt fest, daß die Weiber alle überspannt und überempfindlich seien. Es gehe vorbei. In ein, zwei Wochen werde wohl alles abgetragen sein, und dann könne mit dem Anwerfen begonnen werden. Max muß wieder an seine Arbeit.

Roswitha schleicht nicht mehr ans Fenster, um ihn zu beobachten. Sie will von diesem Draußen nichts mehr wahrnehmen. Zuflucht sucht sie nun im Schlafzimmer. Nach dem Mittagessen legt sie sich hier auf das Bett, genießt die Ruhe, denn das Gehämmer dringt nur mehr wie von weit an ihr Ohr, der Fluß übertönt alles, er lullt sie ein. Sie träumt von einer Badewanne voll von warmem Wasser und duftendem Schaum darin. Max hatte ihr bei seinem Einzug ein Bad versprochen. Jawohl, wird gemacht, hatte er behauptet. Bisher ist er aber nicht mehr darauf zu sprechen gekommen. Sie sehnt sich so sehr danach, im Wasser zu liegen, mit Seife verschwenderisch umzugehen, um endlich dieses Kratzen von ihrer Haut wegzukriegen. Das umständliche Waschgeplansche verwünscht sie. Früher ist sie regelmäßig zu ihrer Schwester gegangen, um dort ein Bad zu nehmen. Seit einigen Jahren hatte sich diese Gepflogenheit verloren, ohne daß sich Roswitha erinnern kann, was der Grund dafür gewesen war.

Sogar der Himmel ist staubgrau; Roswitha leidet unter der Schwüle. Wenn doch endlich das Gewitter losbräche! Dieser Wolken- und Staubstau! Es ist zum Erstikken.

Auf dem Weg zu Martha, in der Kastanienallee, begegnet ihr Lottes Mann mit einem Häuflein Sträflingen. Sie streift die Zuchthäusler mit einem kurzen Blick. Sie haben tatsächlich keine Gesichter. Die grauschwarzen Drillichanzüge haben sie ihnen heruntergerissen. Der Aufseher hingegen sieht in Uniform stattlich aus. Er bekommt durch sie erst ein Gesicht. Roswitha hat Hermann Spannring gelegentlich in Zivil gesehen. Die

Dienstmütze verbirgt seine blanke Glatze. Ohne amtliche Kopfbedeckung wirkt sein Gesicht gedunsen. Doch sobald er die Kappe mit dem dunkelgrünen Schirm und den Goldschnüren trägt, straffen sich auch seine Züge, seine Augen glänzen, und seine Lippen werden schmal, wahrscheinlich weil er das Kinn als Amtsperson hochreckt, daß es eine markige Breite zeigt. Ja, er ist ein stattlicher Mann, wie er so an der Seite der grauen Gestalten marschiert und die Hand an die Mütze führt, um Roswitha zu grüßen. Wie gut erst würde sich Leimer in Uniform ausnehmen, der noch in Zivil mehr darstellte als Lottes Mann. Ob er als Streckengeher eine Uniform getragen hatte? Sie muß ihn einmal danach fragen. Wie alles so stramm sitzt bei den Uniformierten. Und diese tadellosen Bügelfalten an der schwarzen Gabardine-Hose; sie verleihen den Schritten der Männer eine herrische Grazie. Roswitha wundert sich, wofür sie heute Augen und Worte hat. Früher ist mir so etwas nie aufgefallen; oder habe ich darüber einfach nicht nachgedacht? Überhaupt mich nie an Männer herangedacht? Doch nun, da ich einen habe, glaube ich mir da ein Recht auf alle erworben zu haben?

Martha tut erfreut, die Schwester unerwartet zu sehen. Roswitha ist erleichtert. Martha – die freilich schon immer launenhaft war – hat sich wieder gefangen. Sie ist wie in guten Tagen. Bruno steckt seinen Kopf durch einen Spalt der Wohnzimmertür. Er ist im Krankenstand, erklärt Martha. Was fehlt dir denn, forscht Roswitha. Er hat es wieder im Magen, antwortet die Schwester, die alte Geschichte. Könntest du mir noch Kamillentee machen? Er wendet sich an seine Frau. Möglichst heiß.

Bruno zieht sich wieder zurück.

Martha läuft in die Küche, um Kamillentee zu bringen. Zuvor fordert sie Roswitha auf, doch gleich und ohne Umstände das Bad zu benützen, sie kenne ja den Brauch.

Während das Wasser in die Wanne läuft, schlüpft Roswitha aus den Kleidern. Sie läßt duftendes Badesalz in den Strahl rieseln. Der Spiegel über dem Waschbecken zeigt ihren nackten Oberkörper. Die mageren Brüste mißfallen ihr. Schlotternde Hautsäcke auf den Rippenbögen. Traurig. Und Brustwarzen wie gedörrte Zwetschken. Der Büstenhalter macht vieles gut. Das Wasser rauscht und schwillt und dampft in ihrem Rücken, während sie auf den Wannenrand klettert, um weg von den Brüsten, hin zu Hüften und Schenkel zu kommen. Ich bin verrückt, sagt sie zu sich, als sie halsbrecherisch auf dem schmalen, glatten Rand herumturnt. Endlich hat sie ihren Nabel und den Schoß im Spiegel. Sie kreist mit dem Becken. Das gefällt ihr schon besser. Ihr Hüftschwung erinnert sie an eine Vase. Doch die kräftig behaarte Scham ist ihr schon wieder peinlich, als gehöre sie einer Fremden und es sei taktlos, sie zu begaffen. Wie ertappt, deckt sie die Stelle zwischen den Beinen mit ihrer Hand ab. Mit der anderen muß sie sich an der Wand festhalten. Die schöne Hand als Feigenblatt, denkt sie. Nun ist es aber genug. Was hat Max von ihrem Körper gesehen? Nichts Genaues, nur Undeutliches, vermutet sie. Rasch läßt sie sich in die Wanne gleiten, plantscht im Wasser und ist im Nu von einem duftenden Schaummantel umhüllt. Roswitha seufzt vor lauter Wohlsein. Da klopft es an der Tür. Martha will herein. Roswitha wäre gerne allein geblieben. Jetzt fällt es ihr auch wieder ein, weshalb sie die Gewohnheit, bei ihr ein Bad zu nehmen, aufgegeben hat. Die Schwester ließ sie nie ungestört baden. Sie begehrte stets Einlaß, meist ausgerechnet, wenn Roswitha nackt in der Wanne lag, oder gerade dabei war, herauszusteigen. Ich könnte sagen, sie solle draußen bleiben, überlegt sich Roswitha einen Augenblick. Aber das wäre ihr doch ungehörig erschienen. Hat sie ein Recht, hier unbehelligt zu bleiben? Die Schwester ist schon hereingekommen, Roswitha rutscht bis zum Hals unter den Schaumteppich. Es ist ihr immer unsagbar peinlich, sich vor der Schwester nackt zu zeigen.

Martha zieht sich einen Hocker in den engen Gang an die Badewanne. Jetzt bin ich gefangen, sagt sich Roswitha. Ich kann nicht aus dem Wasser steigen, ohne auf die Schwester zu treten. Martha nestelt an ihren Schürzenbändern und blickt finster auf die Schaumdecke. Mein Gott, sie hat schon wieder schlechte Laune, denkt Roswitha. Ich hätte nicht kommen sollen. Da fängt Martha zu reden an. Das geht alles durcheinander. Roswitha versteht nichts. Martha plappert drauflos und starrt dabei auf ihre Schürzenbänder, mit denen sie herumspielt. Es klingt alles so verrückt. Der Bruno habe eine andere und sie selbst Brustkrebs. Roswitha glaubt der Schwester kein Wort, die jetzt ganz verbissen an ihren Bändern zupft und nicht aufschaut und durcheinanderredet, von Operation und von den Männern, die alle gleich seien, und daß der Bruno sie betrüge mit einem Weibsbild, einer Hexe, sie wisse, wer sie sei, eine ganz Abgefeimte, sie kenne das Luder genau, und ihr schneide man die Brust weg, eine oder gar alle zwei, und dann gehöre sie als Frau sowieso auf den Mist. Dann lacht Martha, so, wie sie damals gelacht hat, als ihr Roswitha von ihrer bevorstehenden Heirat erzählte, und jetzt ist Roswitha fast davon überzeugt, daß die Schwester übergeschnappt ist, und denkt sich, am besten ist, ich sage gar nichts und tu nur so, als glaubte ich alles, ich nicke und verdrehe die Augen vor Mitgefühl oder so. Was soll ich sonst machen? Roswitha beginnt unter ihrem Schaumkissen zu frösteln. Entweder Martha geht endlich, so daß sie aus der Wanne steigen kann, oder sie muß sich noch heißes Wasser zugießen. Martha schweigt, bleibt aber sitzen. Roswitha dreht den Warmwasserhahn auf. Martha schreckt hoch. Sie steht endlich auf, schaut Roswitha, zum ersten Mal seit sie hereingekommen war, an und stößt Drohungen aus, gegen mich? fragt sich Roswitha, oder meint sie Bruno oder die andere. Dann legt Martha den Finger an den Mund und sagt, psst, kein Wort, psst. Und geht. Roswitha krabbelt fröstelnd aus der Wanne, trocknet sich ab. Sie erinnert sich, daß Martha bei Vollmond immer besonders seltsam war. Sie wird doch nicht verrückt werden. Ist das der Wechsel?

Als sich Roswitha von der Schwester verabschieden will, bescheidet ihr der Schwager durch die Glastür des Wohnzimmers, daß seine Frau inzwischen einkaufen gegangen sei. Roswitha eilt bedrückt nach Hause. Es ist Zeit für das Abendessen. Kaum hat sie ihr Haus betreten – die Baustelle liegt schon verlassen – fallen die ersten Tropfen eines kurzen, aber heftigen Gewitterregens.

Roswitha liegt allein im Ehebett und hat Angst. Es muß schon gegen Mitternacht gehen, und noch immer lärmen sie. Manchmal ist Max mit seinem Lachen herauszuhören und mit seinem lauten Sprechen.

Auch der Vater brachte öfter Gesellschaft mit. Arbeitskollegen. Darauf mußte die Mutter gefaßt sein. Sie hatte, soweit sich Roswitha erinnern kann, nie dagegen protestiert. Nur in der Küche hatte sie gestöhnt und sich auf den Stuhl fallen lassen und die Hände gerungen. Doch gleich darauf war sie schon bereit und lächelte die Männer an, denen sie Bier oder Most, Speck und Brot vorsetzte. So etwas, darauf hatte der Vater bestanden, mußte stets im Hause sein.

Auch Vaters Freunde waren laut gewesen, hatten gelacht, später gegrölt und auch gestritten. Auch damals war ihr bange gewesen, der Vater unter den Freunden so fremd, er schien sie nicht mehr zu kennen, gar nicht zu sehen, er gehörte den Männern, auf sie hatte er vergessen. Sie konnte auch nicht zu Bett gehen, solange die Männer da waren, denn die saßen ja in ihrem Schlafzimmer. Manchmal nickte sie vor Müdigkeit auf dem Schemel in der Küche ein und erwachte im eigenen Bett. Das Augenaufschlagen war allerdings immer betrüblich für sie gewesen, weil niemand die Reste des Gelages weggeräumt hatte. Die leeren und halbleeren Biergläser auf dem Tisch mit den vollen Aschenbechern begannen erst mit ihrem Erwachen zu stinken. Der Tisch stand schief, die Stühle wie hingetorkelt, die Decke auf dem Diwan halb heruntergerissen. Vor dem Aufstehen grauste ihr. Daß die Mutter noch nicht Ordnung gemacht hatte, erbitterte Roswitha. Freilich wußte sie, daß die Mutter im Laufe des Tages alles ordnen und putzen würde – das tröstete, gewiß –, doch der Augenblick war öde. Ihre Welt war zerstört; daß sie wieder heil gemacht würde, beruhigte Roswitha nicht, weil sie sich gegen eine abermalige Zerstörung nicht wehren konnte. Ihre

Geborgenheit wurde zu einer Schein-Geborgenheit, zu etwas Geliehenem. Roswitha hatte geglaubt, auf ihre Kindheitsängste vergessen zu dürfen. Nun erwachen sie wieder. Manchmal war der Vater nach solchen nächtlichen Feiern am Morgen sanft und umgänglich gewesen. Er zupfte sie zum Scherz an ihren Zöpfen, oder er bemerkte etwas an ihrer Kleidung, kurzum, sie war wieder da für ihn. Das linderte vieles.

Daß sie die Männer nicht in die Wohnung hätte lassen sollen, fällt ihr ein, und gleichzeitig, daß sie nie den Mut haben würde, sie abzuweisen. Auch diese Erkenntnis läßt sie nicht einschlafen, nicht nur das Johlen und das Geplärr der Ziehharmonika. Sie würde ihrem zukünftigen Mann den Umgang mit seinen Freunden nicht verwehren können. Weder, daß sie hier saufen, noch, daß Max mit ihnen seine Messerspiele spielt, würde sich verhindern lassen. Sie hört den harten Klang der Messer, die auf das Nudelbrett – sogar das hatte sie ihnen bereitgestellt – treffen.

Max braucht Roswitha nicht zum Bewirten. Nur Platz auf dem Tisch, auf dem ihr Nähzeug lag, hat sie ihm schaffen müssen. Dann hat er sie ins Bett geschickt. Da liegt sie nun und wartet, worauf? Auf den Schlaf, auf Max? Auf vieles. Sie betrachtet ihre Hände. Durch die hellen Gardinen fällt Mondlicht. Sie hebt die Arme und krümmt die Finger, einen nach dem anderen. Da sehen sie aus wie schwarze Krallen. Das stößt ihr ein Schluchzen auf. Davor graut ihr, wie vor Erbrochenem. Später versackt ihr Weinen in einem Wimmern. Es ängstigt sie die eigene Stimme. Die Ziehharmonika hört auf zu spielen. Es rumpelt und poltert in ihrer Wohnung. Roswitha hofft: sie gehen. Vielleicht kommt Max ganz bald zu ihr und sieht oder hört noch, daß sie weint. Und hat einen Trost für sie parat. Kaum so gedacht, und schon versiegen die Tränen. Sie spürt wild ihr Herz klopfen, daß es ihr wie Glück vorkommt. Sie lauscht. Schritte, Türenöffnen und -zuschlagen, Gelächter, Stimmen; zweifellos, die Männer brechen auf. Roswitha liegt starr vor Spannung. Max muß kommen. Wohin sollte er sonst? Sie gibt ihm Unterkunft und Quartier. Da spürt sie in sich ein finsteres Gefühl, das breitet sich in ihrem Körper aus wie eine Hitze, und es ist böse. Sie ist bereit, aufzubegehren. Bereit zu Vorhaltungen und Drohungen. Jawohl. Fähig zu einem Entweder-Oder. Verworfen sind Demut und Nachsicht. Sie sieht die Messer in dem Kästchen schimmern. Max hat nur die oberste Reihe, die mit den kleinsten, aber feinsten Klingen, für sein Spiel abgenommen. Die übrigen werfen Schatten wie ellenlange Dolche. Das rührt von der besonderen Art der Befestigung her. Die Stichwaffen ragen durch eine eigens angefertigte Halterung, die Max selbst nach einer eigenen Idee gebastelt hat, in einem spitzen Winkel aus dem geöffneten Behältnis. Immer noch horcht Roswitha gespannt, ob er endlich komme. Marthas Hände steigen ihr wieder in den Sinn und wie sie die Schürzenbänder um ihre Finger wickelte, so fest, daß die Fingerspitzen blau wurden. Und Brunos Stimme aus dem Wohnzimmer klingt ihr plötzlich in den Ohren. Martha war körperlich immer kerngesund gewesen. Roswitha schiebt ihre Hände unter das Nachthemd und betastet ihre Brüste. Ob das stimmt, daß Bruno eine andere hat, oder ob es sich Martha nur einbildet? Es reut Roswitha, daß sie nicht nachgefragt hat.

Ist es eine aus dem Dorf? – Da sind Schritte aus der Küche zu hören, der Fußboden knarrt, Stuhlbeine scharren über das Linoleum. Hat da nicht ein Glas geklirrt? Auf und in ihren Brüsten gibt es nichts zu entdecken. Warum will Martha ihrem Mann nichts sagen? Habe ich mich zum Schweigen verpflichtet, weil ich gegen ihr Psst! nicht protestiert habe? fragt sich Roswitha. Das geht ihr alles gegen den Strich. Allzugerne hätte sie Bruno die Krankheit der Schwester wie einen Kropf um den Hals gehängt. Oder wie eine Seifenblase. Martha bildet sich die Krankheit nur ein. Die harte Kugel in der Brust kommt und geht. Bruno würde vielleicht sagen, sie will sich nur interessant damit machen. Das sagt man oft gegeneinander. Auch vom Vater bekam es Roswitha um die Ohren geschlagen. Wenn sie Zahnschmerzen hatte oder Kopfweh oder wenn sie vom langen Gehen vor lauter Hüftweh nicht mehr weiterkonnte. Schmerzen und Krankheiten bekam sie vor allem, behauptete der Vater, um sich interessant zu machen. Dann beachtete er sie mit Fleiß nicht, um ihr das auszutreiben. Heimlich half die Mutter. Aber das zählte nicht.

Max ist immer noch nicht gekommen. Schon vor längerem hat die Aborttür in den Angeln gequietscht. Was treibt er so lange? In Roswitha zerrt Ungeduld. Die schöne böse Wut, die sie lebendig gemacht hat, droht durch das Warten zermürbt zu werden. Schon entdeckt sie in sich eine Bereitschaft, sich zu versöhnen, und lauscht angestrengt auf Geräusche. Nur mit Mühe hält sie sich im Bett. Was soll dieses Klappern, dieses dauernde Tür auf- und -zumachen, dieses Geschiebe. Verrückte er Schränke, Kisten in dieser späten Nacht-, eigentlich schon frühen Morgenstunde? Und er kommt nicht. Dann ist es wieder still draußen. Sie verharrt und weiß sich nicht zu helfen. Aber da ist er ja! Unversehens öffnet sich die Tür, und er ist da. Er schleicht sich herein. Auf Zehenspitzen und mit gekrümmtem Rücken, aber schwankend. Roswitha läßt sich rühren. Demütig kommt er an, das entwaffnet sie. Daß er sich so rücksichtsvoll hereinzuschleichen bemüht, heißt, daß er sich schämt. Es tut ihm sicher alles leid, sie braucht ihm gar nichts mehr vorzuhalten. Selbst ist er zur Einsicht gelangt. Roswitha hält den Atem an. Was wird geschehen? Er wirft seine Decke zurück und kriecht ins Bett. Rasch wickelt er sich in der Tuchent ein, nur noch seinen Haarschopf und eine kleine Fläche seines Hinterkopfs kann Roswitha neben sich erahnen. Sofort hat er ihr den Rücken zugedreht und augenblicklich scheint er eingeschlafen. Das spricht gegen ein schlechtes Gewissen. Seine Atemzüge sind anfangs tief und regelmäßig, bald werden sie lauter, knirschen und schnarchen einmal kurz und einmal lang, einmal laut und einmal leise. Da Roswitha nun endgültig am Einschlafen gehindert ist, kommt ihre Wut zurück; und auch weil er ihr nichts als seinen Rücken zeigt. Sie zupft an seiner Tuchent. Wartet. Sein Schnarchen ist wie eine Pratze; von der wird sie durchgerüttelt. Überlegen kann sie nicht mehr. Nur noch zucken unter seinem Schlafgedröhn. Und an seinem Federbett reißen, daß endlich seine Hinterseite frei vor ihr liegt. Darauf schlägt sie nun mit Fäusten ein. Aber gleich reißt sie ihn an den Haaren, zieht ihn an den Ohren und vergräbt ihre Fingernägel in seiner Wange. Roswitha hat sich noch nie so lebendig gefühlt. Endlich verstummt das Geschnarche. Sie beißt in seinen Hals und glaubt sein Blut zu schmecken. Da fährt er hoch und fängt schrecklich zu fluchen an. Ihrer beider Wut bringt sie zueinander. Er schlägt sie ins Gesicht. Dafür hat sie Verständnis. Er ist wieder der Mächtigere. Und drischt drauflos. Und holt sie sich aus dem Pfühl heraus und will sie besteigen. Das blöde Nachthemd ist im Weg und spreizt und sperrt sich und reißt endlich doch. So muß es sein, denkt Roswitha, daß er ganz auf mir ist und ich seine Brustwolle auf mir spüre und er mich drückt und malmt und walkt. Und gelehrig spreizt sie sich ihm entgegen. Aber es stößt nichts zu, es preßt und schiebt sich nur. Das ist alles. Zwischen ihren Beinen wischt es wattig. Doch er schnaubt ihr ins Gesicht, sie nimmt auch seinen Speiatem hin. Und ist voll Hitze. Und Drang. Und schreit, vielleicht Ochs oder Stier oder hoppauf, oder dustierstierstierdu, Ochs. Da nimmt er die Sache in die Hand. Es ist ein klägliches Schwänzlein, das er entschlossen zwischen ihre Beine quetscht. Wo ist der steile Turm geblieben, der geile? Roswitha versteht nichts. Was macht sie falsch? So schnell gibt der Mann nicht auf, auch nicht die Frau. Sie reiben, wüten und bocken gegeneinander. Roswitha zieht mit ihren Fingernägeln rote Spuren über seinen Rücken und seine Oberarme. Bebrüllen sich und nehmen es als Liebkosung. Es ist alles vergeblich. Endlich, ausgepumpt, lassen sie voneinander. Roswitha schläft gleich ein.

Roswitha steht zu spät auf, deshalb muß Max ohne Frühstück aus dem Haus gehen. Er schafft mit leerem Magen an ihrer Werkstattaußenseite. Sie erkennt seine Stimme deutlich, als sie sich beim Wischen über den Fußboden krümmt. Statt sich an ihre Näharbeiten zu machen, muß sie ihre Wohnung putzen. Den Tisch und die Sessel hatte sie in den Gang geschleppt, die Gläser in die Küche getragen und die Messer eingesammelt, mit denen die Männer herumgeworfen hatten. Das große runde Nudelbrett aus ihrer Küche hatten sie als Zielscheibe benützt und darauf mit roter Schneiderkreide Zahlen und Spiralen gemalt. Das Brett muß mit heißem Wasser abgebürstet und der Fußboden mit Seifenlauge aufgewaschen werden. Auf ihm kleben Bier und Zigarettenasche, jemand hatte sich auf dem Weg zum Abort erbrochen. Roswitha kümmerte sich zuerst um die Kleidungsstücke ihrer Kunden, die sie vorsorglich im Schrank verstaut hatte. Sie waren gottlob unversehrt. Auch die Schneiderpuppe, die sie in die Ecke geschoben hatte, mit Fräulein Gretes Dirndlkleid, haben sie in Ruhe gelassen. Aber die Garne sind durchwühlt, und die große Zuschneideschere steckt gegrätscht im Linoleum. Wie sie auf den Knien hockt und den Boden schrubbt und die Schere aus dem Boden reißt, keucht sie vor Empörung über Max, mehr noch über seine sogenannten Freunde. Sauerei! Dreckschweine! Drecksgesindel! Elendige Bagage übereinander! Damit schafft sie sich Luft. Nie mehr würde sie so etwas zulassen. Allerdings hat sie es auch diesmal nicht erlaubt gehabt. Sie ist ja nicht gefragt worden. Einfach überrannt worden ist sie, genau gesehen. Schluß damit und aus und basta und nie mehr wieder! Sonst würde sie Max davonjagen. Ja, rausschmeißen würde sie ihn. Dazu hätte sie die Macht und das Recht.

Aber jetzt, wie soll sie die Arbeit bewältigen an diesem Vormittag? Woher die Zeit zum Einkaufen und zum Kochen nehmen in dieser Verwüstung. Roswitha rutscht auf allen vieren unter dem Fenster, um das Linoleum trocken zu polieren, als sie Max' Stimme hört. Sie versteht seine Worte nicht, doch der Klang hat etwas Protzendes, Aufbegehrliches bekommen. Max führt das große Wort bei seinen Arbeitskollegen. Das ist ihr neu.

Plötzlich stößt sie mit ihrem Wischlappen auf Schuhe. Roswitha schreckt auf. Lotte steht vor ihr. Roswitha habe die Türklingel nicht gehört, die Tür sei unversperrt gewesen, daher habe sie es gewagt, erklärt Lotte, einfach hereinzukommen. Als sich die Freundin wundert, was Roswitha denn hier treibe, es sehe nach einem Großputztag aus, weiß es Roswitha sofort zu begründen. Sie halte den Staub, den Dreck nicht mehr aus. Und die feinen Stoffe, die sie verarbeiten müsse, litten möglicherweise Schaden. Lotte will Roswitha Wichtiges erzählen. Sie hilft der Freundin beim Einräumen des Zimmers. Der Tisch steht wieder an Ort und Stelle, und auch die Stühle sind bald zurechtgerückt. Roswitha denkt besorgt an die vielen Gläser, an die leeren Bierflaschen, die sie in der Küche deponiert hat. Keinesfalls sollen diese Reste eines wüsten Festes von der Besucherin bemerkt werden. Deshalb setzen sie sich an den Tisch in der Nähwerkstätte. Lotte meint, Roswitha habe Grund zum Feiern. Da zuckt sie innerlich zusammen und sieht sich entlarvt. Lotte aber will auf etwas anderes hinaus. Es sei nämlich etwas Wesentliches für Roswitha in Gang gekommen. Lotte protzt schon wieder mit dem historischen Schauspiel und dem 1000-Jahr-Jubiläum und dem Oberschulrat, der ein echter Dichter sei und der sie, Lotte, veranlaßt habe, sie zu bitten, bei Roswitha nachzufragen, ob sie die historischen Kostüme für das Mittelalterdrama nähen wolle. Wollen schon, antwortet Roswitha, sie fühlt sich geschmeichelt, aber auch überrumpelt; ob ich das kann? Lotte überzeugt Roswitha, daß sie es könne, daß nur sie dafür in Frage komme, die Pagen, die Ritter und die Ritterfräulein einzukleiden.

Lotte hat Roswitha außer Rand und Band zurückgelassen. Auf dem Theaterzettel, hört sie Lotte sagen, wird dein Name stehen. Kostüme: Roswitha Mantler. Zwar fährt sie fort, weiterzuputzen, die Gläser zu spülen und die Garne aufzudröseln, denkt aber dabei unausgesetzt an die Kostüme, die sie nähen, wahrscheinlich sogar entwerfen dürfe. In Stoffen würde sie wühlen und in Ideen. Endlich hätte sie Gelegenheit, ihr Können zu beweisen. Die Änderungsarbeiten müßten warten und zur Seite geschoben werden. Auch Max hat sie zur Seite geschoben, der um die Mittagszeit sein Essen haben will, wie er es inzwischen gewohnt ist. Er findet nichts als die verwirrte Roswitha vor, die ihm – schon wieder unterwürfig und schuldbewußt – eiligst eine dicke Suppe mit hineingeschnittenen Würsten kocht. An sich selbst denkt sie nicht; sie ist noch immer so aufgeregt, daß sie nichts essen könnte. Max wäscht sich indessen. Roswitha erkennt, daß sie ihn vernachlässigt hat. Sie hat ihm nun nichts mehr vorzuwerfen. Roswitha macht die Rechnung: Sie sind quitt. Darüber ist sie erleichtert. Als die braune Suppe und das Brot auf dem Tisch stehen, denkt sie an nächsten Mittwoch, an dem sie zum ersten Mal bei einer Besprechung dabeisein soll. Persönlich würde sie vom Oberschulrat ein Schreiben erhalten. Lotte hat es angekündigt, Lotte, die die Hauptrolle in dem Stück zu spielen hat, ein Burgfräulein, das um das Leben des geliebten Ritters zittert.

Roswitha will ihre Vorstellungen von der Kostümierung schon bei der ersten Zusammenkunft deutlich machen. Sie übernimmt eine wichtige Aufgabe, mit der sie an die Öffentlichkeit treten wird. Nachmittags sucht sie in ihrem Lexikon »Die Welt von A bis Z« nach historischen Kostümen, nach Anregungen, die ihre Phantasie beflügeln sollen.

Er geht also allein, stellt Roswitha fest, er fragt mich nicht einmal mehr, ob ich ihn begleiten möchte; er ißt, er trinkt, er wäscht sich, schläft und geht und kommt. Sie ist ans Fenster gelaufen, um ihm nachzuschauen. Sein Rücken hat sie wieder besänftigt. Die Zement- und Schotterhaufen, die Schaffe und Maurerkellen liegen, als würden sie für immer hier bleiben wollen. Roswitha hat sich an sie gewöhnt, wie sie sich an den Rücken des Mannes gewöhnt hat, der soeben hinter der Hollerstaude verschwunden ist. Kein Regen heute, ein warmer Altweibersommertag in müdem Licht. Max würde einen schönen Gang auf den Schwellen haben. Vielleicht kämen ihm erbauliche Gedanken, wenn er entlang der Geleise, von spätem Grün umgeben, durch lichtzitternde Zweige ergötzt, aufsähe, um sich spähte und endlich der schönen Natur inne würde. Vielleicht käme er erzählfreudig zurück. Roswitha ist bereit, alles zu hoffen. Sie steht auf sicherem Boden, denn ihre Wohnung ist wieder sauber, und die gewohnte und notwendige Ordnung in ihrer Werkstätte wiederhergestellt. Max und seine Freunde haben keine bleibenden Spuren hinterlassen.

Wiederum blättert sie in ihrem einzigen Lexikon. Sie

findet das Stichwort »Mittelalter«. Sie sucht nach Hinweisen auf Kleidungssitten und -vorschriften. Was trug ein Edelfräulein, was ein Minnesänger? Roswitha hat davon nur dunkle Ahnungen. Eigentlich benötigte sie dringend einen Bildband, in dem sie ohne allzuviel Text mittelalterliches Gewand abgebildet fände. Leider wird das Mittelalter in ihrem Nachschlagewerk mit einem einzigen mageren Satz abgetan: »Mittelalter«, liest sie, »abgek. MA, Bez. für den Zeitraum etwa vom Untergang des Weström. Reiches (476), meist ab rund 500 n. Chr., bis zur Entdeckung Amerikas (1492).«

Damit fängt sie nichts an. Ein Satz, in dem sich nichts regt; keine Bilder steigen aus ihm auf, sie liest ihn und hat ihn schon vergessen. Was interessiert sie das Wann und Wo, sie forscht nach dem Wie! *Wie* war das Mittelalter, abgekürzt MA. Wie lebte man, wie kleidete man sich; das vor allem ist Roswitha begierig zu erfahren. Sie braucht für die erste Besprechung dieses Vorwissen. Das hat sie sich in den Kopf gesetzt. Ihre eigenen Ideen will sie den Vorschlägen der anderen behutsam entgegenstellen. Dadurch will sie sich als eine Fachkundige ausweisen. Roswitha kramt in ihren Erinnerungen. Was weiß sie, was hat sie jemals über das Mittelalter gelernt? Sie bedauert die Bücherfeindlichkeit ihres Vaters. Außer einem Lexikon, dem erwähnten, und einem Kochbuch hat der Vater kein Buch im Haus geduldet. Bücher bringen Frauen auf dumme Gedanken. Er selbst ging mit gutem Beispiel voran und las nichts außer der Lokalzeitung. Lotte, die über Märchen- und Sagenbücher, auch einige Mädchenromane verfügen konnte, hat Roswitha zum Lesen angeregt. Sie erinnert sich: Spannend waren »Die schönsten Sagen des Mittelalters«. Heimlich hatte sie darin gelesen. Tagelang war sie verwandelt gewesen. In Ritterrüstungen war sie geschlüpft, zu Pferde war sie gesessen, und gekämpft hatte sie. Siegfried, ruft sie aus, Kriemhild und Gunther, und dieser Schuft Hagen. Etzel und die Hunnen, Dietrich von Bern. Das ist es, das Mittelalter. Sie hat es wieder vor Augen. Die farbigen Illustrationen des Bandes sind ihr wieder gegenwärtig. Die Frauen, so steigt es aus ihrer Erinnerung auf, tragen lange, wallende Gewänder, die Ärmel reichen bis an die Handgelenke, unterhalb des Busens schmückt ein Gürtel das Kleid. Lediglich Brunhild, die Neidische, die Verräterin, hat dunkles, angekraustes Haar. Die Ritter kamen in Rüstungen. Wie sollten Rüstungen hergestellt werden? Das bereitet Roswitha Kopfzerbrechen. Man könnte die Rüstungsteile aus Pappe formen und metallisch glänzend bemalen. Vielleicht aber brauchte man gar keine Rüstungen. Sie kannte das Trauerspiel ja noch nicht. Vielleicht wirkten nur Edelfräulein, Pagen und Minnesänger mit. Vielleicht spielte alles nur im Inneren einer Burg, von Schlachten wurde vielleicht nur berichtet. Bei der Pagenkleidung sieht Roswitha schnitt- und nähtechnisch keine Schwierigkeiten. Für die engen Beinkleider eignen sich Strumpfhosen. Die gibt es zu kaufen. Das Übrige, die Kittel, sind ebenfalls einfach herzustellen, höchstens eine Herausforderung wegen der Farbzusammenstellung.

Roswitha schiebt sich einen bequemen Sessel über den kleinen, sonnigen Fleck auf dem Fußboden am geöffneten Fenster und schaut durch die Bretter und Stangen der Eingerüstung zum Gefangenenhaus hinüber. Friedlich liegt alles. Wiederum ist es tröstlich für sie, die patrouillierenden Justizwachbeamten mit ihren gleichförmigen Bewegungen zu beobachten. Im Zuchthaus, dem ehemaligen Benediktinerkloster, erblickt Roswitha nun eine mittelalterliche Burg: Sie sieht Edelfräulein, Pagen und Minnesänger wandeln, Isolde Weißhand weht ein weißes Tüchlein aus vergittertem Fenster. Roswitha nickt in der warmen Sonne ein.

Er ist also schon wieder betrunken nach Hause gekommen, stellt Roswitha bei sich fest, als sie für ihn das Frühstück bereitet. An seine Räusche will sie sich nicht gewöhnen müssen; das gilt es, Max ein für alle Mal einzubleuen. Zwar hat sie sich diesmal nicht mehr die Seele aus dem Leib gewartet wie vorige Woche, doch haben sich in den Stunden des Alleinseins immerhin Ärger und Verbitterung in ihr breitgemacht. Allein ist sie am Tisch gesessen, und allein hat sie das Abendessen verzehrt. Vielleicht hat der Anblick seines Gedecks, das unberührt geblieben ist, ihren Unmut noch heftiger werden lassen.

Als sie wieder im Nähzimmer saß und erneut über die mittelalterlichen Heldensagen nachdachte, dabei immer tiefer in ihrer Einbildung versank – sie sah Turniere, schmachtende Minnesänger, König Artus und die Tafelrunde, edle Frauen – vergaß sie ihr Warten und Max. Später als gewöhnlich, gegen 23 Uhr, legte sie sich schlafen. Ein wenig ängstigte sie das leere Bett an ihrer Seite. Bald war sie eingeschlafen.

Sie träumte, unter einer Straßenwalze zermalmt zu werden. Sie schrie auf und erwachte. Da lag Max auf ihr, und der Alptraum war erklärt. Trotzdem konnte sie nicht erleichtert aufatmen. In der Dunkelheit sah sie über seinem verschatteten Gesicht das Fensterkreuz, schwarz vom Mondlicht gegen die Decke geworfen. Max hatte sich an der Schläferin zu schaffen gemacht, schon ganze Arbeit geleistet und sich den Weg gebahnt. Daß es ihr nicht einfiel, zu schreien! Weil ich still geblieben bin, hat er meine Abwehr nicht ernst genommen, denkt sie jetzt. Warum habe ich ihn nicht beschworen, abgelenkt, ja, bedroht? Warum habe ich nicht gellende, ihn einschüchternde Schreie ausgestoßen? Daß ich mit meinen Fäusten gegen seine Schultern hämmerte, hat er wohl als ein Spiel verstanden, denkt sie und entsetzt sich. Wie Wütende keuchten wir einander an. Das hatten wir doch schon einmal? Nur deutliche Worte und Hilfeschreie hätten noch genützt, wirft sie sich jetzt vor. Ich selbst bin an dem Mißverständnis schuld. Und koche jetzt für ihn Kaffee und schmiere ihm ein Brot. Hätte er nur nicht so gestunken. Er wäscht sich zu wenig, nicht gründlich genug, das mußte sie wieder feststellen. Eine verrauchte Wirtsstube, Pissoir und Fusel preßte er mit seinem Körper in den ihren. Sein stolzes, aber ungewaschenes Geschlecht ließ er auf ihren Schamhaaren tanzen. Er konnte es sich erlauben, die Pforte war geöffnet. Ich habe ihn einfach machen lassen, erinnert sie sich. Aber dann krallte ich meine Fingernägel in seinen Rücken, ja, ich habe ihn sogar ganz fest in die Schulter gebissen. Doch das ist ganz falsch gewesen, er hat das anders aufgefaßt, wahrscheinlich als eine Abart des Liebesspiels. Ein Irrtum ergab den anderen. Dann packte er meine Hände und quetschte sie in den seinen. Ich wand mich in der Schraubzwinge. Es wäre aber klug gewesen, still und nachgiebig zu sein.

Roswitha stellt die gefüllte Kaffeekanne auf den Tisch und denkt plötzlich, ich könnte ihn ja vergiften. Oder betäuben. Wenigstens betäuben.

Ich bettete mich für ihn zurecht. Ja, ich zappelte ihm mit meinem Schoß entgegen, dafür bekam ich meine Hände frei, als er mich auf seinen Schwellkörper gespießt hatte; der heute seine Schlappe von neulich gutmachte. Aber für sie war das schlecht. Roswitha, nur noch eine Knetmasse unter seiner Männlichkeit, hatte keine Freude daran. Sie sorgte sich wegen ihrer Finger, in seinen Fäusten hatten die feinen Gelenke geknackt.

So werden Kinder erzeugt, hat sie gedacht, als er zu Ende kam. Sie bezog das nicht auf sich, sie hatte das nicht zu befürchten oder zu erwarten. Auch das hatte eine Krankheit zunichte gemacht. Zuerst die Kinderlähmung, dann die Eierstockentzündung, von einem raren und unbekämpfbaren Virus verursacht, der ihr gleich beide Eileiter verklebte, todsicher unfruchtbar sei sie dadurch, hatte ihr der Arzt bestätigt. Wohin sie auch schaute: nichts als Sackgassen in ihrem Leben. Immerhin folgerichtig. Eine Verkrüppelung zog die andere nach sich. Das hatte der Vater auch so gesehen.

Roswitha spürt noch immer ein Ziehen in ihren Händen. Das Zupacken fällt ihr noch schwer. Nachts hatte sie sich von seiner Seite weg in die Küche gestohlen, Licht gemacht und panisch besorgt ihre Hände betrachtet. Die Finger wollten sich nicht mehr so recht bewegen lassen. Die zarten Knöchel waren rot und geschwollen. Roswitha tauchte beide Hände in kühles Wasser. Mit Mühe hat sie den Krug halten können. Nachher fand sie in der Kredenz eine Heilsalbe, mit ihr rieb sie die Gelenke ein und umhüllte sie mit weichen

Lappen. Dann war sie nicht mehr zu Max zurückgekehrt. Sie hatte sich in ihr altes Bett in der Werkstätte gelegt. Ihre bandagierten Hände hatte sie sich über der Brust verschränkt. Später bemerkte sie ein Ziehen im Unterleib, als sei ihre Bauchdecke mit Striemen übernetzt.

Bis jetzt ist die frühere Gelenkigkeit ihrer Finger noch nicht wiederhergestellt. Auch sind die Knöchel noch angeschwollen. Dennoch müht sie sich für ihn ab, das Brot zu schneiden. Zwar fühlt sie, daß sie etwas ändern, sich widersetzen sollte, doch ist sie einerseits zu niedergeschlagen, um etwas zu tun, andererseits beruhigt sie sich mit dem Gedanken, daß alles ja nur ein Mißverständnis gewesen sei.

Am Tisch ist sie Max gegenüber, wie gewöhnlich, und sieht auf seinen Scheitel. Immer sitzt er beim Essen zusammengekrümmt, als müsse er wie ein Vieh seinen Kopf in den Trog schieben. Stolz und aufrecht hat sie ihn nur zwischen den Schienen auf den Schwellen erlebt. Als Max mit beiden Händen das Kaffeehäferl hebt und aus ihm trinkt, betrachtet sie zum ersten Mal genau seine Hände. Die kräftigen, kurzen Finger haben einen blonden Flaum. Seine Fingernägel sind eingerissen, das breite Nagelbett von der Nagelhaut schier überwuchert. Das sind Hände, die zupacken können, die allnächtlich zupackten, die ihren Körper erkundet und zerwühlt hatten; sie sind unversehrt. Roswithas Hände sind noch von weichen Binden geschützt. Sie sieht sie vor sich liegen, die schönen, unförmig in pampigen Mull gehüllten, vielleicht für immer entstellten. Ihr ist es schon wieder zum Weinen. Zuerst versucht sie, ein Schluchzen zu unterdrücken, dann aber bricht es aus ihr heraus, und sie heult los. Das gilt Max. Er pufft sie im Weggehen in die Seite: Na, na! sagt er und ist aus der Wohnung. Roswitha rennt ins Schlafzimmer, legt sich noch einmal ins Bett und schläft noch ein Stündchen. Als sie sich endlich am späten Vormittag erhebt, sind die Vorkommnisse der Nacht wie die des Frühstücks weit weggerückt. So weit, als hätten sie in einem anderen Leben stattgefunden, oder in einem Film. Es scheint nicht mehr ihr passiert zu sein. Sie nimmt den Verband von den Händen, die Finger sind weiß und schlank wie ehemals, sie haben keinen dauernden Schaden davongetragen. Auch ihre Beweglichkeit ist fast gänzlich zurückgekehrt.

Abends wartet Roswitha wieder vergeblich auf Max. Sie hat den Tisch gedeckt, doch er kommt nicht. So ißt sie allein. Heute ist die erste Zusammenkunft der Theatertruppe. Lotte wird sie abholen. Roswitha muß sich bereit machen. Bald hat sie auf Max vergessen. Sie sucht ihre Skizzen zusammen, zieht sich um und ist in Gedanken schon bei dem Treffen, das sie sich vorzustellen sucht.

Der Oberschulrat scheint sie erwartet zu haben. Er eilt mit offenen Armen auf sie zu: Wie gut, daß Sie kommen! Lotte hat mir so viel von Ihnen erzählt. Lotte lächelt. Und er begrüßt auch sie. Im Pfarrsaal, einem hohen, weißgekalkten Raum mit Stuckreliefs an der Decke, in dem die paar Tischchen verloren wirken, haben sich bereits einige junge, kräftige Bauernburschen versammelt. Das seien seine Statisten, erklärt der Oberschulrat, indem er mit einer Handbewegung zur Gruppe weist, die auf Bänken entlang der Wand wie aufgereiht hockt. Auch die Bibliothekarin der Pfarrbücherei, das Fräulein Grete, ist offenbar dazu ausersehen, in dem Theaterstück eine Rolle zu spielen. Sie sitzt etwas abseits an einem kleineren Tisch, an dem Lotte mit Roswitha und dem Oberschulrat Platz nimmt.

Hingerl rückt Roswitha den Stuhl zurecht. Wie kommt sie sich nun vor, neben dem Schulmann zu sitzen, der schon während ihrer Volksschulzeit Lehrer, also eine Respektsperson, gewesen ist. An diesem kleinen Tisch ist die hierarchische Ordnung aufgelöst. Roswitha als Gleichgestellte neben dem Direktor a.D., dem Kirchen- und Gemeinderat, dem Schriftsteller. Der Oberschulrat hält sich sehr gerade, das Alter ist ihm nicht anzumerken. Sein Haar ist schlohweiß, jedoch wächst es noch üppig, es reicht ihm bis in den Nacken, ja, es wallt geradezu über den Rockkragen. So glaubt man ihm das Künstlerische sofort. Er gefällt Roswitha. Er hat rosige Wangen und ist wohlrasiert. Gepflegt, fällt Roswitha ein, das ist er. Wahrscheinlich duftet er auch nach einem frischen Rasierwasser. Die gebogene Nase, das breite Kinn und die buschigen dunklen Augenbrauen über den hellen Augen beeindrucken Roswitha sehr, weil sie so männlich wirken. Hingerl lacht, dabei sieht sie seine weißen ebenmäßigen Zähne. Gewiß sind es schon die Dritten, aber wie appetitlich! schwärmt Roswitha insgeheim. Sie erkennt auch den guten Schnitt seines grünen Jagdanzugs. Ein Mädchen aus der katholischen Pfarrjugend kommt mit einem Tablett, auf dem es Gläser mit Apfelsaft und Most anbietet. Der Oberschulrat erhebt sich und faßt den Grund ihres Beisammenseins zusammen. Er habe für die 1000-

Jahr-Feier des Marktes ein historisches Trauerspiel verfaßt, das im Mittelalter spiele und von einer überlieferten Denkwürdigkeit handle. Er würde in den nächsten Tagen das Rollenbuch an die einzelnen Darsteller verteilen lassen. Er redet weiter von den Probenzeiten und vom Aufführungstermin. Dann hört Roswitha ihren Namen nennen. Hingerl erwähnt sie, weil sie bereit sei, für sein Theater die Kostüme zu nähen, und er dankt ihr schon im voraus recht herzlich dafür. Später wendet er sich direkt an Roswitha und fordert sie auf, bei den Hauptdarstellern und den Statisten gleich Maß zu nehmen. Die meisten seien ja heute anwesend. Er erklärte, daß er selbst die Titelrolle spielen, Lotte Spannring und Grete Schönleithner aber die weiblichen Hauptdarsteller seien. Es handle sich um ein mittelalterliches Dreiecks- und Spannungsverhältnis. Er figuriere als Kreuzritter zwischen zwei Frauen, nämlich seiner Angetrauten, gespielt vom Fräulein Grete, die durch einen schurkischen Brief eines Neiders verleumdet werde, und einer schönen Zigeunerin, dargestellt von Frau Lotte, die ihn zu verführen trachte. Alles lauscht andächtig. Die Statisten bestünden in erster Linie aus Pagen und Kammerzofen, die vor allem durch das Tragen der historisch getreuen Gewänder von nicht zu unterschätzender Bedeutung für die Dekoration und das Gelingen des Unternehmens seien. Ich selbst, fügt er hinzu, habe nach meinen Vorstellungen und Kenntnissen die Anzüge bereits entworfen. So wolle er zum Abschluß nur noch die Frage an die Kostümbildnerin richten, er verneigt sich scherzhaft vor Roswitha, ob sie sich wohl zutraue, nach seinen Entwürfen zu arbeiten? Roswitha ist natürlich errötet und, so unverhofft ans Licht der Öffentlichkeit gezerrt, auch unfähig zu einer Antwort. Sie kann lediglich nicken. Da rettet sie Lotte: Natürlich macht Roswitha das, kann sie das. Dafür bürge ich. Bravo, bravo, lacht der Oberschulrat. Roswitha hält ihr Maßband umklammert. In diese lockere, heitere Atmosphäre kommt noch ein Besucher zur Tür herein. Er wird als Kirchenrat und für heute als Vertreter des Herrn Hochwürden vom Oberschulrat an ihren Tisch gebeten. Es ist Bruno, der neben der Bibliothekarin Platz findet. Roswitha ist sehr überrascht; das macht sie verlegen. Bruno nickt ihr flüchtig zu. Auch er scheint von der Anwesenheit seiner Schwägerin nicht sonderlich begeistert zu sein. Immerhin ist er offensichtlich wieder wohlauf.

Hingerl bittet Roswitha nun, ans Werk zu gehen. Sie zückt ihr Maßband, das Notizheft und den Bleistift, Dinge, die sie stets bei sich trägt, und beginnt nun bei den Statisten Maß zu nehmen. Es handelt sich dabei um vier Burschen und zwei Mädchen aus der katholischen Pfarrjugend zwischen sechzehn und achtzehn Jahren, die verlegen lächelnd auf sie warten. Roswitha kennt niemanden. Beim Anlegen des Maßbandes legt sich ihre Verwirrung. Sie fühlt wieder Boden unter den Füßen. Ihr Metier, auf das sie sich versteht, verleiht ihr Sicherheit.

Einer nach dem anderen steht von der Bank auf, sobald er an die Reihe kommt, stellt sich vor die Schneiderin, die, einen Bleistift hinter das Ohr geklemmt, das Maßband in Händen, ans Werk geht. Sie mißt Oberweite, Hals- und Hüftweite, Taillenumfang, bei den Burschen auch die Schrittlänge, die Rückenbreite, Ärmellänge und so weiter.

Beim Maßnehmen kommt man dem Menschen nahe. Man dringt sozusagen in seine Intimsphäre ein. Beim Abmessen entgeht einem nichts. Fast nichts. Doch Roswitha hat es längst aufgegeben, etwas von den anderen wissen zu wollen. Die mannigfaltigen Gerüche interessieren sie ebensowenig wie die unterschiedlichen Längen- und Breitenmaße. Sie läßt sich nicht mehr von der Nähe ihrer Kunden irritieren. So geht die Arbeit rasch vonstatten. Die Mädchen kichern verlegen oder stieren angestrengt über Roswitha hinweg, wenn sie ihnen die Oberweite mißt und das Zentimeterband vor ihrer Brust übereinanderlegt. Diskret notiert sie die Ergebnisse. Selbst ein Flüstern der Zahlen zum leichteren Behalten verkneift sie sich längst. Jeder Zahlenreihe stellt sie einen Namen voran.

Nach den Statisten kommen die Hauptdarsteller an die Reihe. Von Lotte und der Bibliothekarin hat sie die Angaben, weil beide zu ihren Kundinnen zählen. So bleibt nur noch der Oberschulrat, der sich sogleich schneidig vor ihr aufpflanzt, als er an der Reihe ist. Roswitha umspannt ihn mit ihrem Band; bald muß sie sich auf Zehenspitzen seinem Hals und seinen Schultern nähern, bald zwingt es sie vor ihm beinahe auf die Knie, um die innere Schrittlänge auszumessen. Brust, Taillen- und Hüftumfang geraten ihr beinahe zu Umarmungen. Der Mann duftet tatsächlich leise nach einem Herrenwasser. Vielleicht nach Speick. Obwohl es Roswitha vermeidet, dem Oberschulrat ins Gesicht zu schauen, ahnt sie, daß er sie bei ihrem Tun beobachtet. Sie merkt es auch an seinem Körper, der kurze Zeit in ihrer Hand ist, sobald sich sein Kopf wendet oder neigt oder hebt. Jede seiner Kopfbewegungen nimmt sie, entweder an den Schulterblättern, an den Hüften oder sogar an den Beinen, wahr. Sie merkt, daß er sich vorneigt und auf ihren gebückten Rücken blickt. Sie mahnt ihn: Bitte, bleiben Sie aufrecht stehen, sonst kriege ich falsche Maße! Pardon, pardon! ruft er laut und fröhlich.

Sie hat ihr Handeln an seinem Körper beendet, will ihre Utensilien zusammenpacken, das Maßband zusammenrollen, als der Oberschulrat nach ihren Händen greift und sie bittet, sie betrachten zu dürfen. Ihre Hände liegen nun auf seinen Handflächen, er betrachtet ihre Handrücken, dreht die Hände dann mit großer Behutsamkeit so, daß er die Innenflächen vor sich hat, und schüttelt bewundernd den Kopf. Laut sagt er: Tatsächlich, ich habe noch nie in meinem Leben so formvollendete Hände gesehen. Makellos! Passen Sie nur gut darauf auf, solche Hände, solche Finger sind ein Schatz, wissen Sie das? Roswitha, die sich wie ein Mensch fühlt, dem auf einmal Gerechtigkeit widerfahren ist, knetet vor lauter Aufgeregtheit ihre Hände auf dem Rücken. Der Schulmann lacht: Nicht verstecken, bitte! Gönnen Sie uns doch den Anblick! Er wendet sich an den Tisch: Vielleicht lassen sich diese Hände in meinem Stück einsetzen. Wie, wenn mir, dem Ritter Hartmut, eine verführerische Zigeunerin aus dem Fenster mit einem weißen Tuch ein Zeichen gebe. Lotte, du entschuldigst, daß ich diese Szene doubeln lasse? Er lacht wieder. Grete und Lotte lachen mit, unsicher, ob sie Hingerls Vorschlag ernst nehmen sollen. Bruno grinst. Roswitha strahlt, fast bewußtlos vor Seligkeit.

Als sie dann in der kühlen Nacht allein steht, weiß sie nicht mehr, wie sie aus dem Pfarrsaal herausgekommen ist und ob sie sich von allen verabschiedet hat. Sie hat Gedächtnislücken wie nach einer Gehirnerschütterung; denn der Oberschulrat hat – *diese* Erinnerung drückt sie wie ein Kissen an ihre Brust – mit einem »Gestatten Sie« beim Abschied ihre Hand geküßt.

Roswitha tappt auf dem schmalen Pfad durch den Pfarrergarten nach Hause. Lotte ist mit dem Oberschulrat zurückgeblieben. Sie hat mit ihm noch verschiedenes zu besprechen, was ihre Rolle betrifft. Und Bruno hat wohl das Fräulein Grete nach Hause begleitet.

Roswitha hält ihre Hände in das dünne Licht des aufgehenden Mondes, unsäglich beglückt von der Aussicht, sie auf dem Theater auftreten zu lassen. Wie unter einem Füllhorn taumelt sie dahin, das sich über ihrem Haupt entlädt. Aus diesem Sterntalergefühl denkt sie verächtlich an Vergangenes, verwirft sie ihre Todesgedanken, die ihr jahrelang tröstlich gewesen waren. Dieser Augenblick hat alles gutgemacht, alle ihre Erwartungen eingelöst. Frevelhaft erscheint ihr jetzt ihr vormaliger Lebensüberdruß. Heute ist der Wert ihres Daseins beglaubigt worden. Was noch vor ihr liegt, was immer noch kommen mag, es kann sie nicht mehr erschrecken. Sie denkt an Max mit der Versöhnlichkeit des Glücklichen. Gleichzeitig erkennt sie, daß sie, als sie sich mit ihm einließ, einen falschen Weg beschritten hat. Sie darf nicht mit Max zusammenbleiben. Ihr Leben hat eine andere Bahn genommen, verläuft weg vom Bauhilfsarbeiter und Freizeitstreckengeher, strebt ins Höhere.

Schon von weitem sieht sie, daß in ihrer Wohnung Licht brennt. Alle Räume sind hell erleuchtet. Der Schein aus den Fenstern fällt auf die Gerüste, deren Schatten wie Vergitterungen ausschauen und dem Haus den Anschein von Verfall geben.

Roswitha wird bang vor der Helle in ihren Fenstern. Früher ist sie von Lampenschein in nächtlichem Dunkel immer freundlich angerührt worden.

Max ist also noch wach. Oder hat er vergessen, die Lichter auszumachen? Das hofft sie, bis sie den Lärm hört. Männergebrüll, Gesang und Gelächter mischt sich unter das derbe Gedröhn einer Ziehharmonika. Auf der Treppe muß sie stehenbleiben und verschnaufen. Es zittern ihr die Knie. Das Gute und Schöne, das ihr heute begegnet ist, will sie nicht preisgeben. Es ist ihr Schatz, der ihr Kraft geben muß, den Niedrigkeiten des Bauhilfsarbeiters und seiner Kumpane zu widerstehen.

Hinauf also und hinein. Dem Treiben wird ein Ende bereitet. Ein für alle Mal. Wie peinlich und schandbar, wenn der Oberschulrat, dieser feinsinnige Dichter und Herr, etwas von ihrem Umgang erführe.

Die Wohnungstür ist unversperrt. Vom Vorzimmer, durch das Zigarettenrauch nebelt, blickt sie durch die offenstehende Tür des Nähzimmers. Ich bin in einer fremden Wohnung, durchzuckt es sie für einen Augenblick. Oder träume ich? Folgt nun auf den Glücks- der Alptraum? Sie weiß nicht zu sagen, was sie beim Eintreten am meisten verstört: der ohrenbetäubende Krach, der Dreck auf dem Linoleum, die dichten Rauchschwaden, der verrutschte Teppich oder der umgestürzte Stuhl neben der Tür. Menschen sind in dem Türausschnitt nicht zu sehen.

Nur kurz steht sie wie betäubt, dann hinkt und krüppelt sie mitten hinein in die Verheerung und verwünscht ihr Gebrechen. Sie haben sie nicht kommen hören. Roswitha steht in ihrer Werkstätte, die ihr jahrzehntelang lieb und teuer, das wichtigste war. Dessen Inventar um sie gewachsen ist nach ihren Bedürfnissen, Gewohnheiten und Vorlieben, in dem sie sich blind zurechtzufinden wußte. Das Bett und daneben die Kommode, der Tisch, auf dem sie zuschnitt, daneben die Nähmaschine, der Paravent zum Umkleiden für die Kunden, die Schneiderpuppe neben dem Fenster, an die sie das Dirndlkleid der Bibliothekarin gesteckt hatte, Schatullen mit Nähzeug, Maßbändern und Nähseiden, Scheren in verschiedenen Größen und Schärfen, Kreiden, Näh-, Steck- und Sicherheitsnadeln, auf der Kommode in kleinen Schubladen Knöpfe und Reißverschlüsse, Stoß-, Schräg- und Gummibänder. Alles hatte seinen Platz. Die Ordnung in ihrem Arbeitsbereich war ihr stets oberstes Gebot. Auf ihr ausgeklügeltes System bildete sie sich was ein. Halt, Dauer und Sicherheit waren mit dieser zweckmäßigen Übersichtlichkeit eng verknüpft. Davon ist jetzt nichts mehr übriggeblieben. Roswitha wird von den Männern immer noch nicht bemerkt. Drei Kerle drehen ihr den Rücken zu. Ein vierter, der mit der Ziehharmonika, zeigt sich ihr von der Seite. Das ist ein Bärtiger, dem der Schweiß übers Gesicht und aus den Achselhöhlen rinnt und der sich das blaukarierte Hemd an den Ärmeln hochgekrempelt hat, so daß seine behaarten Unterarme mit blauen Tätowierungen zu sehen sind. Er drückt mit einer Hand auf die runden Knöpfe seines Instruments, mit der anderen quetscht er den Balg. Es erklingt ein Marsch. Die Schneiderpuppe steht nun in der Mitte des Zimmers neben der Kommode. Ihr gegenüber haben sich die drei Männer aufgestellt. Sie halten Messer in den Händen, andere Messer liegen auf dem Tisch, von dem ihre Nähutensilien verschwunden sind. Statt dessen stehen Bierflaschen und Aschenbecher darauf.

Die Männer haben sich die Schneiderpuppe mit dem Dirndlkleid der Bibliothekarin als Zielscheibe auserkoren. Einige Messer stecken schon in dem roten Leib. Einige liegen auf dem Boden verstreut. Eben hat Max sein Messer geworfen und in die linke Brust getroffen. Alle vier Kerle heulen auf, stampfen und hüpfen, umarmen einander, klopfen Max auf die Schulter und greifen nach den Bierflaschen. Die Flaschen erhoben, drehen sie sich um und entdecken endlich Roswitha.

Als junges Mädchen ist Roswitha regelmäßig ins Kino gegangen. Sie bevorzugte Lustspiele und Liebesgeschichten mit Happy-End, Stücke, die von Überraschungsmomenten und Überrumpelungsauftritten lebten. Die Reaktion der Darsteller bei unvorhergesehener Begegnung, ihr ungläubiges Zweimal-Schauen-Müssen, hat Roswitha gefallen. Sie als Zuschauerin war die Allwissende und dankte dem Übertölpelten ihre prustende Heiterkeit. So, wenn Totgeglaubte oder Verreiste unvermutet auftauchten, dann mußte das Erstaunen des Überraschten ein Ausmaß annehmen, das der Unvermutetheit der Erscheinung angemessen war. Roswitha wurde von solchen Szenen gekitzelt und belebt.

Heute ist sie selbst Teil eines solchen Auftritts geworden, Wissende und Akteurin zugleich. Trotz ihrer Verstörung bemächtigt sich ihrer auch so eine Art Lampenfieber; sie glaubt, mit der Plötzlichkeit ihrer Erscheinung könne sie auftrumpfen.

Die Männer haben sie also wahrgenommen, aber sie blicken nur kurz nach ihr. Sie starren nicht verwirrt wie im Film, stottern nicht verlegen und wie auf frischer Tat ertappt, sondern nehmen sie einfach nicht zur Kenntnis. Sogar Max hat nur ein flüchtiges Nicken für sie. Keiner von ihnen läßt sich durch Roswitha stören. Die Eindringlinge bücken sich nach den Messern, einer zieht das seine aus der Puppe heraus. Das Oberteil des Dirndlkleides ist schon von mehreren Treffern zerstochen. Immer noch jedoch sind die beiden Brustspitzen, die die Männer mit weißer Kreide sternförmig markiert haben, unversehrt. Diese Punkte sind offensichtlich die Hauptziele ihrer Wurfgeschosse.

Roswitha hat nun wieder, wie bei ihrem Eintritt, die Rücken der Männer vor sich. Max ist der größte unter ihnen. Einer ist schmal und fahrig, die anderen sind vierschrötig und bedächtig. Roswitha starrt also auf die drei Rücken, von denen ihr der eine bekannt ist und die beiden anderen fremd; unter ihren dünnen Hemden zeichnen sich feucht die Schulterblätter ab. Der Ziehharmonikaspieler musiziert weiter.

Sie beginnen wieder zu werfen. Max trifft den Verschluß in der Mitte; aber das Messer bleibt nicht stekken, sondern poltert zu Boden.

Da schreit Roswitha: Aufhören!

Endlich drehen sich die Männer um. Sie blickt in ihre teils erstaunten, teils belustigten Gesichter. Der Harmonikaspieler hört auf zu spielen.

Der Boden schwankt unter Roswitha, dennoch stolpert sie einige Schritte auf Max zu: Raus!

Die Männer schauen Max unentschlossen an. Der macht eine wegwerfende Handbewegung. Der zierliche

Dunkelhaarige will Roswitha beschwichtigen: Aber wer wird denn so grantig sein!

Ihr verschwindet augenblicklich, sofort, auf der Stelle, verstanden? schreit sie mit kippender Stimme. Endlich hat sie den richtigen Zorn.

Der Harmonikaspieler packt eilig sein Instrument in den Kasten. Max stampft ihr entgegen: Na, was, was denn, was willst? Was denn? Na, was? Was. Was?

Roswitha bückt sich, schnappt sich eines der zierlich schlanken Messer und geht damit auf Max los. Vor der gezückten Klinge weicht er langsam Schritt um Schritt zurück, es friert ihm sein Grinsen ins Gesicht. Roswitha treibt ihn bis an die Gangtür. So, sagt sie, so, so, so. Und macht ihre Humpelschritte. Die anderen sind inzwischen abgehauen. Als Max mit dem Rücken zur Wand steht, atmet Roswitha auf, es kribbelt ihr unsagbar wohlig im Bauch vor lauter Triumph, und sie weiß nicht mehr weiter. Da packt er sie am Handgelenk, entreißt ihr das Messer und stößt sie zu Boden. Dann fängt er an zu wüten. Er zerschlägt Flaschen und Gläser an der Wand, wirft Stühle gegen die Mauer. Roswitha flieht in den Gang und schließt sich auf dem Abort ein. Sie überlegt, um Hilfe zu rufen. Schon öffnet sie das Fenster, um in die Nacht hinauszuschreien.

Doch die Finsternis, von der sie umgeben ist, die außer Rufweite hinter Stacheldraht marschierenden Justizwachbeamten, der Gedanke schließlich, daß Max wieder auf sie aufmerksam werden und sie bedrohen könnte, läßt sie stumm bleiben. Auch ist es in der Wohnung inzwischen ruhig geworden. So schleicht sie sich aus dem Abort, der ihr nun als Falle erscheint. Frierend und lauschend verharrt sie eine Weile im dunklen

Gang. Es bleibt alles still. Sie denkt wieder an den Oberschulrat, der ihr die Hand geküßt hat. Es wird ihr dabei so froh und weh, daß sie beinahe begonnen hätte, zu weinen, hätte sie nicht befürchten müssen, dabei ein Geräusch zu verursachen. Eine Zeitlang wartet sie zitternd; als sich nichts mehr rührt, schleicht sie sich an die Tür und öffnet sie leise.

In der Werkstatt, in der das Licht noch brennt, ist er nicht mehr. Sie durchquert den Raum auf Zehenspitzen und bemüht sich, den Glasscherben, Flaschen, den umgeworfenen Stühlen auszuweichen. Die Schneiderpuppe mit dem zerfetzten Dirndlkleid liegt auf dem Boden und versperrt den Weg. Mit Anstrengung turnt Roswitha über sie hinweg. Auch im Vorzimmer brennt noch Licht.

In der Küche sitzt Max. Er hat den Kopf in beide Hände gestützt und murmelt vor sich hin. Roswitha versteht kein Wort. Sein Kopf sinkt langsam auf die Tischplatte. Er ist wohl eingeschlafen. Sie wagt es dennoch nicht, die Küche zu betreten. Es bleibt ihr nichts anderes übrig, als auf das Waschen zu verzichten. Müde schleicht sie sich weg. Obwohl sie sich vor Max fürchtet, muß sie sich ins Ehebett legen. Ihre Werkstätte ist ja so grauenhaft verwüstet, selbst vor ihrem Bett hat Maxens Wüten nicht haltgemacht; die Kissen und die Tuchent bocken auf dem Boden inmitten zersplitterter Gläser. Heute hat sie nicht mehr die Kraft, aufzuräumen und die Zerstörungen zu beseitigen. Würde sie sie jemals wieder aufbringen? Sie liegt auf dem Doppelbett und meint, sie würde nie mehr aufstehen wollen; der Höhepunkt sei zugleich das Ende ihres Lebens gewesen. Wenn sie jetzt zu Tode käme: Der Oberschulrat würde ihrer am Grabe gedenken, dessen war sie sich nun gewiß, er würde an ihre Hände erinnern, die ihresgleichen suchten an Schönheit und Wohlgeformtheit. So würde sie den Bewohnern des Dorfes für lange Zeit unvergessen bleiben. Mit diesen für sie tröstlichen Überlegungen schläft sie ein.

Sie hat sehr tief geschlafen. Als sie erwacht, ist schon heller Morgen. Der Platz an ihrer Seite ist leer. Die zerwühlten Kissen zeigen, daß Max neben ihr gelegen haben muß. Roswitha liegt still und versucht, sich an gestern zu erinnern. Augenblicklich ist wieder die glückliche Begebenheit da, und sie streichelt ihre Hände; so nach und nach stellen sich auch das Entsetzen und die Ratlosigkeit über die anderen Vorfälle ein. In der Wohnung ist nichts zu hören, nur von draußen dringt ein Klopfen und Hämmern herein. Roswitha springt aus dem Bett. Offenbar sind sie schon an der Arbeit. Max ist aus dem Haus gegangen, ohne sie zu wecken, wahrscheinlich sogar ohne etwas im Magen. Das ist rücksichtsvoll von ihm gewesen. Vielleicht schämt er sich wegen seines Benehmens und ist voll Reue aus dem Haus geschlichen. Wer weiß, vielleicht traut er sich vor lauter schlechtem Gewissen mir nicht mehr unter die Augen. Dann, sagt sich Roswitha, wäre noch nicht alles verloren. An ein Lebewohl denkt sie nun nicht mehr unbedingt. Jedenfalls würde sie ihm damit drohen, einen Hinausschmiß wie eine Rute ins Fenster stellen.

Als sie später auf dem Boden kniet und die Scherben aufliest, denkt sie an den Vater, der ihr schon von früher Kindheit an eingebleut hat, daß sie nie einen Mann bekommen würde. Es war dies jedesmal nur eine trockene

Feststellung gewesen. Aus diesem Grunde, pflegte er zu verkünden, habe er der Mutter Anweisung gegeben, sie nicht als Mädchen zu erziehen. Sie werde sich einmal selbst durchbringen müssen. Deshalb dürfe sie einen Beruf erlernen, am besten einen sitzenden. So kam er auf den Beruf der Damenschneiderin. Auch die Mutter hatte es nie angezweifelt, daß ihre jüngste Tochter als eine alte Jungfer enden werde. Damit habe man sich abzufinden. Der Vater hatte in ihr deshalb auch nichts Weibliches gesehen, weder Fisch noch Fleisch, wie er sich ausdrückte. Er war ganz nüchtern mit ihr umgegangen, wie mit einem Gebrauchsgegenstand. Roswitha war damit einverstanden. Sie hat den Vater geliebt. Sie war gern in seiner Hand gewesen. Als sie im Alter von drei Jahren an Kinderlähmung erkrankte und als feststand, daß sie ein Krüppel bleiben würde, hatte er die Mutter geheißen, das Bild der Muttergottes mit dem Jesuskind auf dem Arm abzunehmen und statt dessen das von sieben Schwertern durchbohrte Herz Mariä aufzuhängen. Das, sagt sich Roswitha heute, ist für mich der Beweis, daß mich der Vater geliebt hat.

Roswitha, die noch immer auf dem Boden kniet, sammelt, wischt und glättet, lächelt vor Genugtuung. Sie hat einen Mann ganz ohne ihr Zutun bekommen. Er ist ihr ins Haus geschneit. Außerdem ist sie zuvor ohne Mann etwas geworden, den Mann hat sie als Draufgabe erhalten, als einen Luxusgegenstand. Als etwas Überflüssiges? Sie kann ihn behalten oder ihn hinauswerfen, ganz wie es ihr beliebt. Ist es das, was der Vater für sie gewollt hat? Roswitha ist sicher, daß es ihm gefiele, in ihrer Hand soviel Macht zu sehen. Doch die darf ich nicht leichtfertig gefährden, bedenkt sie. Noch freilich kniet sie auf dem Boden, krümmt und bückt sie sich über dem Durcheinander, ringt sie mit dem Drunter und Drüber, bekämpft sie den Schmutz in einer demutsvollen Haltung, die ihr ebenjener Mann aufgezwungen hat. Beim Einsammeln der Glasscherben schneidet sie sich unversehens in den Finger. Das Blut tropft auf das helle Tuch, mit dem sie aufwischt. Roswitha ist an ein Märchen erinnert: So weiß wie Schnee, so rot wie Blut. Sie steckt den verletzten Zeigefinger in den Mund, setzt sich inmitten des besudelten Teppichs zurecht, lehnt sich an das Tischbein, biegt ihren Kopf zurück, schließt die Augen, lutscht und beißt an der Wunde, während sie mit der anderen Hand vor ihren nun aufgerissenen Augen herumtänzelt. Wieder erfaßt sie der bekannte Rausch, der sie in Raserei und Hitze treibt. Als es vorüber ist, erhebt sie sich ungelenk und sucht nach einem Pflästerchen, denn die Wunde blutet mehr als zuvor. Und jetzt tut sie auch weh. Roswitha nickt, weil es sich so gehört. Nachher tut immer etwas weh. Das ist der Preis.

Nun beeilt sie sich, mit dem Gröbsten fertig zu werden. Sie holt einen Besen und fegt kurzerhand alles auf einen Haufen. Max wird ihr den Schaden ersetzen müssen. Sie wirft einen Blick zum Werkstättenfenster hinaus. Zufällig ist Max gerade genau unterhalb ihres Fensters mit Schaufel und Karre beschäftigt. Durch das Gebrumme des Baggers vermeint sie sein angestrengtes Atmen zu hören, obwohl sie nur seinen gebuckelten Rücken sieht. Sein emsiges Werken rührt sie schon wieder, vor allem sein Buckeln macht sie weich.

Als Max zum Mittagessen kommt, sagt er, ihm gehe

es heute schlecht, er habe keinen Hunger. Roswitha bringt ihm die Waschschüssel, die Seife und das Handtuch. Danach zeigt sie ihm die Werkstatt, die sie nur notdürftig in Ordnung gebracht hat, sie nennt ihm auch die Zahl der zerbrochenen Gläser, zeigt ihm den Scherbenhaufen und das zerstochene Dirndlkleid. Max tut zerknirscht. Er erinnere sich an nichts mehr. Er sei wohl zu besoffen gewesen. Der Schnaps, den der Schweinschwaller Kurti mitgebracht habe, der mache ihn immer so rabiat. Es werde nie wieder vorkommen. Er wolle ihr den Schaden ersetzen. Roswitha ist so erleichtert, daß sie hätte aufjauchzen mögen; sie brummt aber, scheinbar nur halb versöhnt, na gut, aber wenn das noch einmal passiere, dann .... Er nickt, er weiß Bescheid.

Max kommt dann doch noch zu Appetit und langt beim Erdäpfelschmarrn tüchtig zu. Danach holt er aus dem Schlafzimmer einen Geldschein, der, wie er meint, ausreiche, den Schaden zu ersetzen, einschließlich des Dirndlkleids. Der Betrag, das überschlägt Roswitha augenblicklich, langt nicht. Sie nimmt die Geldnote und seufzt, na gut. Der Leib des Dirndlkleids ist neu zu nähen. Ihre Arbeitszeit ist in dem Betrag nicht inbegriffen. Doch so kleinlich will sie nicht sein. Immerhin hat Max Reue gezeigt und übt Sühne.

Den Nachmittag bemüht sich Roswitha weiter, ihre Werkstätte in Ordnung zu bringen. Das macht sie niedergeschlagen, und es kommen ihr Bedenken, ob es richtig gewesen sei, sich mit 1000 Schillingen die Versöhnung abhandeln zu lassen. Durch die Verwüstungen war ihr mindestens ein ganzer Arbeitstag verlorengegangen. Sie würde zum ersten Mal die Kleidungsstücke nicht termingerecht abliefern können. Auf ihr pünktliches Arbeiten, ihre absolute Verläßlichkeit hat sie sich als Schneiderin immer viel zugute gehalten. Diese Eigenschaften schätzt ihre Kundschaft, wie sie weiß. Besonders unangenehm ist ihr die Sache mit dem Dirndlkleid; das hätte sie morgen, Freitag, abliefern sollen. Und nun – sie weiß sich hier noch keinen Rat – muß sie die Grete auf eine Verzögerung vorbereiten. Was, wenn die Enttäuschte ihren Leistungsverzug dem Oberschulrat hinterbrächte, dieser aus Sorge vor dem Gelingen seiner Aufführung, zu der ja die Kostüme nicht unbeträchtlich beitragen sollten, ihr den ehrenvollen Auftrag wieder entzieht? Gar, wenn er erführe, daß sie mit einem Mann in sogenannter »wilder Ehe« zusammenlebt! Der Oberschulrat ist ein regelmäßiger Kirchgänger und eifriger Kommunionsempfänger. Er ist ein unangefochtener Ehrenmann im Dorf. Roswitha bereut nun beinahe, daß sie mit Max nicht reinen Tisch gemacht hat; noch wäre es ohne größeres Aufsehen möglich gewesen, sich Max vom Halse zu schaffen. Sicher wäre das Mitgefühl bei den Eingeweihten ganz auf ihrer Seite gewesen. Das überlegt sich Roswitha, als sie die zerstreuten Nähnadeln, die Steck- und Sicherheitsnadeln, die verwirrten Zwirnfäden und die zerstampfte Schneiderkreide aufliest und wieder richtig schächtelt. Sie findet auch noch zwei Messer, die sie in das Kästchen im Schlafzimmer bringt. Dann schellt es an der Tür.

Es ist Martha. Roswitha ist verlegen, weil sie in ihrem Zimmer immer noch Spuren des nächtlichen Wütens weiß. Die Schwester betont gleich, sie wolle nicht lange bleiben. Wie es da draußen ausschaut! Da steht ja bald kein Stein mehr auf dem anderen, sagt sie und geht in die Küche. Sie verlangt ein Glas Wasser. Roswitha will wissen, wie es der Schwester geht.

Wie soll es mir schon gehen? schnappt sie zurück.

Was sagt der Doktor? fragt Roswitha.

Der sagt einmal dies, einmal das.

Roswitha ärgert sich. Was will Martha hier eigentlich? Sie seufzt, weil sie an die unterbrochene Arbeit denkt.

Vielleicht geh ich ins Spital, vielleicht nicht, vielleicht lass' ich mich operieren, vielleicht bin ich übermorgen tot, sagt Martha und lacht ein wenig.

Sie hält mich immer noch zum Narren. Mein ganzes Leben hat sie mich zum Narren gehalten. Nie wußte man, wie man bei ihr dran war.

Das ist ja alles Blödsinn! fährt Roswitha sie an.

Vielleicht lass' ich mir alles wegschnipseln, Stück um Stück, bis nichts mehr von mir da ist.

Was redest du da! Roswitha hat genug.

Dann bist keine Frau mehr, wenn alles weg ist, sinniert Martha.

So ein Unsinn, braust Roswitha auf, als ob der Busen alles an einem wär.

Du hast leicht reden, sagt Martha und steht auf. Wo ist er denn eigentlich, der Deinige. Wegen ihm bin ich ja da. Ich will doch deinen Zukünftigen kennenlernen. Wann kommt er denn heim?

Roswitha sagt, daß Max ständig Überstunden mache. Die Schwester könne ihn jedoch aus dem Fenster sehen, er schaffe gerade unter dem Vorzimmerfenster. Tatsächlich sitzt Max unter dem Nußbaum und macht eine Pause.

Von weitem ganz passabel, findet Martha, wie ist er denn so?

Es geht schon, weicht Roswitha aus.

Aha, sagt Martha und lacht ein bißchen. Wer hätte das gedacht, daß du noch zu einem Mann kommst. Es ist doch zu komisch.

Ja, sagt Roswitha, das ist es.

Ich geh jetzt, sagt Martha.

Komm einmal mit dem Bruno, sagt Roswitha.

Der hat keine Zeit. Der ist immer unterwegs, sagt Martha.

Na dann, auf Wiedersehen, sagt Roswitha.

Leb wohl, sagt Martha.

Roswitha atmet auf, als die Schwester aus der Wohnung ist. Es war immer schwierig mit ihr umzugehen, erinnert sich Roswitha, nie habe ich sie verstanden. Nie ließ sie mich an sich heran. Auch als die Eltern plötzlich tot waren und ich in ihr Mutter und Vater sehen wollte, hat sie mich von sich ferngehalten. Gelenkt ja, gesteuert auch, aber aus der Entfernung, bürokratisch eher. Ich fror neben ihr. Doch ohne sie hätte ich die ersten Jahre wohl auch nicht überstanden. Wahrscheinlich hat sie mich am Leben erhalten. Das verpflichtet mich zu Dankbarkeit. Oder zum Fragen. Ich stelle ihr nicht die richtigen Fragen, fällt Roswitha auf, wie soll ich da mehr von ihr erfahren? Dann wischt sie die Schwester aus ihrem Bedenken, sie habe mit sich selbst genug zu tun.

Heute kommt Max von der Arbeit schnurstracks nach Hause. Kein Wirtshaus heute. Er scheint ernst zu machen mit seinen guten Vorsätzen. Roswitha merkt, wie sie sich entspannt, wie sie nach und nach sogar die Verheerungen in ihrer Werkstätte vergißt. Die Ordnung ist ja beinahe völlig wiederhergestellt. Eine Entgleisung, na ja, im Zusammenleben mit einem Mann hat man wahrscheinlich gelegentlich damit zu rechnen. Sie essen das Abendbrot. Roswitha muß dann noch an die Nähmaschine, um die Arbeiten nachzuholen, die sie für morgen versprochen hat. Sie ist zufrieden in ihrem Lichtkegel, in dem sie stichelt. Sie freut sich auf den nächsten Mittwoch, an dem eine zweite Besprechung stattfinden soll. Bis dahin würde sie Materialvorschläge machen können. Mit Max scheint endlich alles glattzugehen. Wenn er sich anständig verhält, braucht sie sich seiner nicht zu schämen. Er ist ein stattlicher Mann. Sie würde nun auf eine baldige Heirat drängen, denn allzulange würde das Dorf diesen Zustand bei ihr nicht dulden. Sie, als alleinstehende Frau, hatte ganz besonders auf ihren Ruf zu achten. Und nun erst recht, da sie ja bald eine öffentliche Person durch ihre Mithilfe beim Theater werden würde.

Obwohl ihr Bett in der Werkstätte wieder sauber und glatt ist, legt sie sich doch zu Max. Er hat sich auf den Rücken gedreht und schnarcht schon. Deshalb kann sie lange nicht einschlafen. Später erwacht er und tappt durch das Zimmer auf den Abort. Als er zurückkommt, greift er nach ihr; sie ist gerade eingeschlummert und ist zu schlafbefangen, um ihn abzuwehren, was erfahrungsgemäß ohnehin nichts genützt hätte. Er schnappt sich ihren Unterleib, den sie ihm gleichgültig überläßt. Er verstrickt sich in ihrem Nachthemd und schließlich in ihrer Unterhose. Da Max mit der Tücke des Objekts mehr, als ihm tunlich erschien, zu kämpfen hat, beginnt er leise zu fluchen. Roswitha ist nun ganz wach, denn er tut ihr weh. Sie wimmert leise, schreit schließlich doch auf und sucht sich ihm zu entwinden. Doch vergeblich, schon hat er sie fest auf das Leintuch genagelt. Es fällt ihr ein, daß er sie noch nie geküßt hat. Sein Atem pfeift in ihrem Ohr. Seltsamerweise beginnt in ihr neben dem Schmerz, über das Stechen und Brennen gestülpt, eine Wollust zu prickeln, gegen die sie sich zur Wehr setzt. Sie will bei ihren Leiden verharren, die ihr ihrer Lage angemessen erscheinen. Außerdem verwirrt sie diese Gleichzeitigkeit von Schmerz und Lust. Sie liegt also ganz still und verleugnet sich. Unverhofft denkt sie an den Oberschulrat und sein Schnurrbärtchen. Da verfilzen sich ihre Empfindungen ganz und gar. Sie stellt sich vor, der Oberschulrat würde sie auf den Mund küssen, daraufhin brandet aus ihrem Schoß eine Woge des Entzückens hoch, die sie vergeblich zurückzudrängen sucht, der aber Max rasch zu einem blitzenden Ende verhilft.

Roswitha bleibt noch liegen, als er sie längst verlassen hat, und sinnt über sich nach. Sie weiß nun gar nicht mehr, was sie will, was sie wollen sollte. Erst als sie sich ihre Hände an Stirn und Wange legt, kommt wieder Ruhe in sie. Sie denkt voll Innigkeit an den Oberschulrat und überlegt sich, ob sie sich die Fingernägel lackieren sollte, um so mit ihren Händen noch unwiderstehlicher auf ihn zu wirken.

Max ist soeben aus dem Haus an die Arbeit gegangen, und Roswitha ist dabei, den Frühstückstisch abzuräumen, als sie die Sirene mit ihrem schauerlichen Geheul aufschreckt. Sie stürzt aufgeregt ans Fenster und denkt an einen Brand. Eine Übung der Feuerwehr hätte sie enttäuscht, weil sie bei dem langgezogenen, anhaltenden Berg- und Talgeschrille so arg zusammenschreckt, daß dem nur noch eine wirkliche Katastrophe entspräche. Auf ein größeres Unheil sind auch ihre Nerven eingestimmt. Zunächst rennt sie ans Vorzimmerfenster, reißt die Flügel auf. Die Sirene ist inzwischen verstummt, es ist aber weder ein rötlicher Schein noch Rauch fern oder nah zu bemerken. Auch ist keiner von den Arbeitern vor dem Haus. So huscht sie an ihr Werkstättenfenster. Hier scheint sich etwas zu begeben. Da stehen auch die Arbeiter, sie kehren ihr den Rücken zu und stehen wie angewurzelt. Sie haben den Kopf in den Nacken gelegt und starren nach oben. Ein Flugzeug? Nein. Roswitha sieht, daß die Wachbeamten vor dem Gefängnistrakt, statt wie üblich zu patrouillieren, stillstehen und die Gewehrläufe nach oben gerichtet in Anschlag haben. Sie erspäht Max, der ebenfalls nach oben gafft und die Hand als Schild über seine Augen hält, will ihn rufen und fragen; doch da entdeckt sie, daß sich auf dem Dach des Kirchenschiffes menschliche Gestalten regen. Auf dem großen Walmdach kriechen augenscheinlich zwei Männer in Sträflingskleidung, sich am Schneegitter anklammernd. Eine Dachluke steht offen. Aus dieser müssen sie gestiegen sein. Inzwischen sind mehrere Polizeiautos mit Folgetonhorn herbeigerast und stellen sich im Pfarrergarten auf. Die herausspringenden Beamten treiben die Arbeiter zurück. Es wird ihnen verboten, weiterzuarbeiten. Bald treffen auch ein Ambulanzwagen und ein vergitterter grüner Kastenwagen, ein sogenannter »Grüner Heinrich«, ein. Aus den Autos springen weitere Polizisten, die sich mit schußbereiten Waffen im Garten verteilen. Andere beginnen, das Gebiet mit einem Maschenzaun abzusperren. Roswitha staunt, wie schnell und verschwörungsleise alles geschieht.

Erst wenige Minuten sind vergangen, seit Roswitha von der Sirene erschreckt wurde, und schon drängen sich Menschen in den Pfarrergarten. Die Absperrung ist noch nicht ganz dicht, so sickern sie durch und sammeln sich in Grüppchen, in denen sie aufgeregt herumschreien, mit den Armen fuchteln und auch die Vorgänge, die sich da über ihren Köpfen in schwindelnder Höhe, fünfzig Meter über dem festen Boden, begeben, beobachten und deuten. Die Anzüge der Sträflinge heben sich vom grauen Schieferdach kaum ab, und es ist nicht leicht, die Vorgänge da oben genau zu verfolgen. Man verlangt nach Fernrohren, über die zwar die Polizei verfügt und die sie auf Stativen an geeigneter Stelle aufgerichtet hat, die aber dem unbefugten Publikum nicht zugänglich sind.

Max kommt herein. Auch er fordert ein Fernglas. Roswitha weiß noch eines von ihrem Vater und sucht danach. Währenddessen steht er am Fenster und starrt zu den zwei Gestalten hinauf, die sich oberhalb des Schneegitters niederlassen. Die Maurer, die nun nicht mehr weiterarbeiten dürfen, sind auf die Gerüstung gestiegen und haben es sich dicht unter Roswithas Werkstättenfenster bequem gemacht. Sie begrüßen Max als einen, der den Vorzug eines Logenplatzes genießt. Roswitha schleppt einen altertümlichen Feldstecher herbei, den ihr Max gleich aus den Händen nimmt. Auch die Männer unter dem Fenster strecken die Arme nach dem Glas aus. Roswitha betastet in ihrer Schürzentasche den kleinen Operngucker, den sie neben dem Fernstecher entdeckte und den die Mutter einmal von einer

Gnädigen, bei der sie geputzt hat, geschenkt bekam. Ihn will Roswitha nur im geheimen benützen, damit nicht auch er in fremden Händen verschwindet. Einstweilen versucht sie mit freiem Auge Einzelheiten zu erkennen. Die beiden Männer sitzen anscheinend unbeweglich auf dem Dach und lassen die Beine über das Schneegitter hängen. Roswitha wird schwindelig, wenn sie ihnen zuschaut und sich die Tiefe vorstellt, in die sie stürzen könnten. Vielleicht handelt es sich bei den Männern um Selbstmörder. Auch Max scheint so etwas zu erwägen, denn er sagt, noch immer den Feldstecher vor Augen, daß sie bald springen müßten, wenn sie es vorhätten, denn sonst käme die Feuerwehr mit dem Sprungtuch. Einer der Bauarbeiter auf dem Gerüst, der Max gehört hat, wirft ein, daß ein Sprungtuch bei einem Sprung aus einer solchen Höhe einen Dreck helfe; da breche sich jeder das Genick.

Inzwischen streckt jemand seinen Kopf aus der Dachluke, es ist ein beamtetes Haupt mit Schirmmütze, das auf die Ausbrecher einzureden scheint. Max berichtet, daß die Männer die Köpfe schütteln. Dann schlägt er sich auf die Schenkel und lacht und behauptet, daß er den einen von ihnen kenne, das sei ein Schwerer, ein Bankräuber, mit dem habe er einmal Messer geworfen, in Hinterstoder, oder sei es in Losenstein gewesen, und daß er gegen ihn gewonnen habe. Bald danach habe man den Kerl festgenommen. Das sei der Egon Blahowetz, er sei sich ganz sicher. Ein Trottel sei das, nur ein Trottel setze sich aufs Dach, da gebe es doch kein Davonkommen. Max lächelt wichtig. Schließlich darf auch Roswitha durch das Glas schauen. Sie erschrickt, die zwei Gestalten plötzlich scheinbar zum Greifen nahe, in ihrem Zimmer sozusagen, bei sich zu haben. Porengenau hat sie die beiden vor sich, ihrem Schlüssellochblick ausgeliefert. Sie schämt sich und starrt ihnen doch ins Gesicht: in ein junges und in ein altes. Den einen hat Max als Schwerverbrecher identifiziert. Doch der andere, ein höchstens zwanzigjähriges blasses Bürschchen, das unruhig hinter dem Schneegitter herumrutscht, was konnte der schon angestellt haben?

Max richtet sich am Fenster ein, denn an ein Arbeiten ist bis auf weiteres nicht zu denken. Ein Teil des Pfarrergartens ist von Polizei und Gendarmerie abgeriegelt. Justizwachbeamte und Polizisten verteilen sich mit Gewehren und Pistolen bewaffnet auch im restlichen Teil des Gartens; sie nehmen Aufstellung zwischen Baumaschinen und hinter Zement- und Schotterhaufen. Ein Fahrzeug des österreichischen Rundfunks ist inzwischen auch eingetroffen. Journalisten befragen einzelne Exekutivbeamte. Max verlangt nach einem Radio; Roswitha muß zugeben, daß sie keines besitzt, da flucht Max und findet, daß sie wirklich noch im Mittelalter lebe. Bei diesem Stichwort zuckt Roswitha fast freudig zusammen.

Ein Arzt und Krankenschwestern in weißen Kitteln umstehen den Ambulanzwagen. Immer mehr Neugierige drängen sich an die Absperrung in den Garten. Max bekommt Durst, er will ein Bier. Roswitha zuckt die Achseln, sie hat keines vorrätig. Max flucht wieder. Er sitzt am Fenster und haut sich zornig auf die Schenkel. Plötzlich springt er auf, fuchtelt mit den Armen und schreit hinaus: Fred, Kurt! Hierher! Roswitha, die eben in die Küche zurückgekehrt ist, hört die Türklingel. Als sie öffnet, stehen die beiden Männer, die sie noch in schlimmer Erinnerung hat, vor der Tür. Sie schleppen einige Kisten Bier an. Sofort ist auch Max zur Stelle, schiebt Roswitha zur Seite und komplimentiert die beiden ins Wohnzimmer. Roswitha hat Max nie so aufgeregt erlebt.

Sie räsoniert: Zwei Zuchthäusler sind – wie und wozu weiß man noch nicht – auf das Kirchendach geklettert und haben damit schon wieder ihren Tagesablauf umgekrempelt, unüberschaubar gemacht. Was ist noch möglich und was nicht? Wieviel Bewegungsfreiheit ist ihr noch geblieben, nachdem die sich da oben die Freiheit, aufs Dach zu klettern, genommen haben. Ihre Werkstätte jedenfalls ist wieder besetzt. Was hat sie mit den zwei Verbrechern auf dem Dach zu tun? Wie ist es möglich, daß das Auftauchen dieser für sie völlig Unbekannten ihren normalen und geregelten Tagesablauf blockiert? Roswitha setzt sich an den Tisch, um zu überlegen. Das Ereignis, das ihre Zeiteinteilung zunichte macht, geht sie letztlich nichts an. Daß sie dennoch davon betroffen wird, ist allein der Lage ihrer Wohnung zuzuschreiben. Würde sie nur hundert Meter entfernt in einem Häuschen ohne Aussicht auf den Tatort, also ebenerdig, wohnen, sie könnte ihre Arbeit unbehelligt weiterverrichten, kein Mensch würde ihr Fenster oder ihre Werkstätte besetzen.

Es ist ja nicht so, daß sie die beiden Männer, die in schwindelnder Höhe vor ihrer Nase herumturnen, ganz kaltlassen. Sicher wäre sie, auch wenn sie noch allein lebte, am Fenster gesessen und hätte das Treiben beobachtet, hätte daneben vielleicht eine leichte Näharbeit verrichtet. Es wäre ganz behaglich gewesen. Nun jedoch, da wieder die Männer in ihre Wohnung eingedrungen sind, ist ihr Fensteraussichtsplatz belegt und ihre Arbeitsstätte okkupiert. Sie muß den Tag als Werktag verlorengeben. Sie wird mit ihren Terminarbeiten schändlich ins Hintertreffen gelangen. Die Kundschaften werden möglicherweise zur Konkurrenz abwandern, denn diese lauert in Gestalt eines Damen- und Herrenschneiders, der schlau und flink ist. Als sie sich diese finsteren Aussichten ausmalt und einsieht, daß daran im Augenblick nichts zu ändern ist und sie sich fügen muß, entschließt sie sich, wenigstens das Schauspiel, das immerhin spannend zu werden verspricht, zu verfolgen. Schließlich würde sie nicht alle Tage die Gelegenheit haben, zwei Menschen, wenn auch Kriminelle, auf dem Dach des Kirchenschiffs in lebensbedrohlicher Lage zu beobachten. Sie will das Wie und das Warum erfahren. Vielleicht weiß Max schon Näheres. So verläßt sie die Küche und begibt sich zu den Männern.

Diese haben es sich am Fenster in einem Halbkreis gemütlich gemacht, so daß alle drei einen günstigen Blickwinkel auf das Geschehen auf dem Kirchendach haben. Max bespricht sich soeben mit einem seiner Arbeitskollegen, der auf dem Gerüst hockt. Von ihm erfährt er, daß es heiße, die beiden Ausbrecher hätten eine verhältnismäßig dünne Mauer, die den Gefängnistrakt von der Kirche trennt, durchbrochen. Wegen der rundherum stattfindenden Bauarbeiten sei *ihr* Klopfen und Hämmern nicht aufgefallen. Sie seien eben dabeigewesen, durch die Sakristei ins Freie zu entwischen, als sie der Mesner entdeckt habe und sie vor dem Zeter und Mordio schreienden Mann ins Kircheninnere davongerannt seien. Der unerschrockene Verfolger jedoch habe sie immer höher und höher hinaufgetrieben; schließlich seien sie auf dem Dachboden angelangt, von wo sie durch eine Luke auf das Dach gekrochen seien. Von dort oben würden sie nun ihre erpresserischen Forderungen aussenden: Angeblich verlangen sie freies Geleit, ein Fluchtauto, Zivilkleidung und eine Million Schilling. Andernfalls würden sie herunterspringen. Ein anderer wieder behauptete, er habe gehört, daß die beiden das Ansinnen gestellt hätten, man möge ihnen gestatten, über den Rundfunk von den unzumutbaren Zuständen, wie sie sich ausdrückten, im Zuchthaus zu berichten und die Öffentlichkeit über die unmenschliche Behandlung, der sie ausgesetzt seien, und die Schikanen zu informieren. Sie hätten ein 100seitiges Papier vorbereitet, das sie über das Radio zu verbreiten wünschten.

Max und seine Freunde sind empört über die Dreistigkeit der Schwerverbrecher; da könne ja jeder kommen. Aber sie lachen auch über die Dachkletterer und schütteln die Köpfe, prosten sich zu und trinken eine Flasche Bier nach der anderen.

Roswitha, die sich bei den Männern bemerkbar machen will, meint, daß die beiden immerhin Mut besäßen, in so schwindelnder Höhe und in verkrampfter Haltung, auszuharren. Sie müßten sich die ganze Zeit an dem Schneegitter, das schon ganz verrostet sei, wie man durch den Feldstecher feststellen könne, anklammern.

Max sagt zu den zwei anderen, daß es typisch sei für die Weiber, daß ihnen so etwas gefalle. Damit fühlt sich Roswitha von ihm zur Kenntnis genommen.

Es klingelt an der Tür. Lotte ist es, die die überraschte Roswitha bittet, bei ihr »schauen« zu dürfen. Man habe den Hermann in den Dienst geholt, da nun jeder gebraucht werde, damit die beiden Ausbrecher wieder wohlbehalten im sicheren Gewahrsam abgeliefert würden.

Roswitha führt die Freundin in ziemlicher Verlegenheit ins Zimmer zu den drei Männern. Von ihnen wird aber Lotte, entgegen ihren Befürchtungen, sogleich begeistert aufgenommen. Der Halbkreis wird vergrößert. Roswitha schafft für die Neuankömmlingin einen Stuhl herbei und ein Glas, denn Max, der sich als Hausherr und Gastgeber aufspielt, bietet der *Gnä' Frau* sogleich Bier an. Lotte meint, daß ein Glas Bier nicht schaden könne, heute komme man ja leicht ins Schwitzen. Sie darf auch durch das Fernglas schauen; da taucht wieder ein Kopf in der Dachluke auf, und sie schreit: Da ist er, der Hermann! Er verhandelt schon mit den Zuchthäuslern. Man will doch kein Blutvergießen, erklärt sie Max und jubelt auf: Der Pfarrer neben meinem Hermann. Sogar der Hochwürden muß herhalten! Alle sehen in der engen Dachbodenluke zwei Köpfe, ein beschirmmütztes und ein kahles Haupt. Die beiden Köpfe regen sich, und es hat aus der Ferne den Anschein, als stießen sie scherzhaft gegeneinander wie in einem Kasperltheater. Durch das Opernglas, das Roswitha nun herauszuziehen wagt, weil die anderen ganz gebannt auf das Kirchendach starren, sieht die Sache freilich anders aus; der ernste Gesichtsausdruck des Pfarrers und der finstere Grimm beim Hermann vernichten eine solch heitere Vorstellung. Roswitha meint zu bemerken, daß die Männer achtungsvoll ein wenig von der Freundin abrücken, die die Frau eines Justizwachbeamten ist, und es erbittert Roswitha, daß nun neben den Ausbrechern auch Lotte ins Zentrum der Aufmerksamkeit gerückt ist. Für sie ist nun kein Platz mehr am Fenster. Daher stellt sie sich zwei Schritte hinter Max und wagt es, den Operngucker aus ihrer Schürzentasche herauszuziehen. Das Glas ist klein und zierlich. Sie drückt es an ihre Augen. Damit nicht so leicht jemand ihren Schatz entdeckt und ihn ihr abverlangt, tarnt sie ihn unter ihren Händen. Bald hat sie die richtige Schärfe eingestellt und sucht nun nach den Ausbrechern. Auch die Männer und Lotte spähen gespannt nach ihnen; sie wechseln sich in der Benützung des Fernglases ab. Die Meuterer bewegen sich nun gelegentlich, sie tappen sich einige Schritte auf allen vieren entlang des Schneegitters oder legen sich hin. Jede ihrer Bewegungen wird von den Gaffern am Fenster kommentiert. Roswitha weiß, daß sie das Mittagessen kochen müßte, sie hat aber endlich den jungen Mann im Visier, von dem sie auch schon den Namen weiß. Pius Kiofsky schiebt sich auf den Knien hinter dem niedrigen rostigen Gatter entlang. Roswitha verfolgt ihn mit ihrem Glas. Als er einige Meter von seinem Komplizen entfernt ist, dem er den Rücken zeigt, richtet er sich auf, nestelt in seiner Hose – Roswitha hat seine Hände, weiß und glatt und jung, genau im Visier, sie verschwinden im Sträflingsgrau, fördern mit ihnen etwas Blasses, madig Fettes zutage und lassen daraus einen hohen, fadendünnen Bogen regnen. Roswitha hätte nun allzugerne auch das Gesicht des Jungen betrachten mögen, doch Max brüllt, der brunzt, der brunzt auf uns herunter, schau dir das an, und Lotte beginnt zu kreischen, und Fred will Max das Fernrohr wegreißen, doch der reicht es Lotte, die schon die Hand danach ausgestreckt hat, damit sie auch etwas davon habe. Roswitha läßt nun rasch ihren Gucker wieder in der Schürze verschwinden. Lotte girrt, als sie durch das Glas gafft, und ist ganz rot im Gesicht. Max pufft sie in die Seite, Roswitha denkt, das wird sie sich aber nicht gefallen lassen, er schlägt sich dann auf die Schenkel und wiehert vor Lachen. Aber Lotte merkt gar nichts und will sich von dem Anblick nicht trennen. Da rennt Roswitha in die Küche, weil ihr plötzlich schlecht ist und auch weil sie ja eine Mahlzeit auf den Tisch bringen muß. Sie hofft, daß sich die ungebetenen Gäste endlich verabschieden. Heimlich wächst in ihr auch der Grimm gegen Lotte, die sich, wie es Roswitha scheint, mit Max und den anderen gegen sie verbündet hat. Sie stellt in einem großen Topf Erdäpfel auf den Herd. Da kommt Lotte aufgeregt in die Küche und verkündet, daß ihr Hermann das Gespräch mit den Sträflingen wiederaufgenommen habe, er sei nun mit dem berühmten Gefangenenpsychiater Grantzler in der Dachluke erschienen. Als sie Roswitha mit dem Gemüse hantieren sieht, bietet sie ihre Hilfe an. Sie findet es großartig, daß sich bei Roswitha nun alles abspiele, daß dieser Max Leben in ihr Leben gebracht habe, das tue Roswitha nur gut. Es solle nun eine richtige Gaudi aus dem Zufallstreffen werden, plant Lotte, denn die Feste müsse man feiern, wie sie fallen. Wenn sie nur nicht herunterfallen, sagt Roswitha. Nicht wie sie herunterfallen, nur die Feste sollen gefeiert werden, wie sie fallen und nicht die Heruntergefallenen. Lotte lacht sich krumm über ihr Wortspiel. Ist das ein Witz, sagt sie mit Tränen in den Augen, so ein Witz. Dann greift sie Roswitha beim Kochen tüchtig unter die Arme, schwätzt weiter; dennoch haben beide im Nu eine Mahlzeit fertig. Erdäpfel mit angemachtem Topfen und Salat. Genug für alle. Da ist Roswitha schließlich versöhnt.

Sie essen auf Roswithas Arbeitstisch, den sie ans Fenster rücken, damit ihnen auch keiner der Vorgänge draußen und droben entgehe. Das Ereignis stellt eine Gemeinschaft her, in die sich auch Roswitha einbezogen fühlt. Fred sagt, und die anderen pflichten ihm bei, das sei besser als jedes Fußballspiel. Inzwischen ist es draußen warm geworden. Die Sonne brennt altweibersommermäßig. Kurti bemerkt: Da oben auf dem Dach werden sie jetzt gegrillt. Max stellt durch das Fernrohr fest, daß sich die beiden die Jacken ausziehen und sich darauf setzen. Die werden einen Sonnenbrand kriegen, einen Sonnenstich, einen Sonnenstich, gellt plötzlich Lotte und nimmt Max das Fernrohr aus der Hand. Roswitha möchte auch ihr Glas auf die nackten Oberkörper der Männer richten, doch das würde jetzt auffallen, so schaut sie sich nur die Augen aus dem Kopf. Aber Details sind natürlich aus dieser Entfernung nicht wahrzunehmen.

Und herunterfallen. Das ist ja gefährlich. Die sollen doch aufgeben! Lotte kann sich nicht genug aufregen. Der Junge sieht mager aus, denkt Roswitha, mit dem Gucker könnte ich sicher seine Rippen zählen. Da entdeckt Max mit einem überraschten Aufschrei, daß die beiden jetzt auch was zum *Fressen* und zum *Saufen* bekommen. Tatsächlich wird durch die Luke etwas heruntergelassen. Max, der nun den Feldstecher an sich reißt, schreit nun empört und an seinen leeren Teller denkend: Hendl, Brathendl, Backhendl und was zum

Saufen, das ist ja allerhand! Die Männer springen auf. Draußen rührt sich in der Menschenmenge etwas. Die Leute murren. Man sieht erhobene Fäuste, zornige Gesten. Es entsteht eine einhellige Stimmung gegen die Atzung der Meuterer, die der Polizei, der Gendarmerie, der Justiz, auf der Nase herumtanzen, den Rechtsstaat gefährden, die Gesetze brechen und trotzdem mit Back- oder Brathendl gefüttert werden. Die Erregung erfaßt alle, und der Volkszorn ruft im Chor und wie geprobt: Springt endlich, ihr feigen Hunde! Herunterschießen, die Verbrecher! Die elendigen! Schießt sie herunter! Herunter mit ihnen! Ein Hitler muß wieder her, hört Roswitha einen älteren Herrn im Trachtenanzug zu den Umstehenden sagen. Alt und jung stimmt ihm zu: Jawohl! Genau! Da hätte es so etwas nicht gegeben.

Von der explosiven Volksstimmung wird das Fräulein Grete förmlich zu Roswitha in die Wohnung katapultiert. Auf ihr Klingeln habe niemand geachtet, so habe sie sich die Erlaubnis genommen und sei eingetreten. Das gab ein Erschrecken bei Roswitha und einen Jubel bei Lotte und erst bei den Männern. Roswitha schafft aus der Küche noch einen Stuhl herbei. Nun sind die Fensterplätze wirklich bis auf den letzten Zentimeter vergeben. Doch mit Hurra wird das propere Fräulein an den Tisch gezwängt. Nach ihrem Dirndlkleid fragt sie gottlob nicht. Grete, die ja als Bibliothekarin der Pfarrbücherei berufsmäßig viel mit Büchern zu tun hat, meint, so etwas Spannendes und Aufregendes habe sie bisher nur in Romanen gelesen. Daß sie einmal so ein Abenteuer miterleben würde, habe sie sich nicht träumen lassen. Da müsse jeder die Gelegenheit nützen und zuschauen. Was sonst? fragt Lotte, und

Max bietet Grete Bier an, das auch sie nicht ablehnt. Es sind alle durstig heute.

Roswitha ist zum ersten Mal unter so vielen Menschen, die einmütig gestimmt sind. Unter dem Dach dieser Einhelligkeit fühlt sich jeder geborgen. Wer brächte da den Mut auf, sich für die Ausbrecher zu verwenden, auch nur ein Wort des Mitleids laut werden zu lassen und sich aus der wärmenden Gemeinschaft ausstoßen zu lassen? Roswitha freut sich aber dennoch insgeheim, daß »ihr« Junge etwas zum Essen bekommen hat, und sie würde ihn gerne dabei beobachten, wie er die Hühnerknochen abnagt und es sich schmecken läßt. Sie wünscht ihm einen guten Appetit und greift rasch nach dem Gucker, hebt ihn an die Augen und hat Pius schon im Blick. Er hat seine Mahlzeit gerade beendet und wirft die Hühnerknochen in weitem Bogen hinunter. Da es keine Proteste gibt, nimmt Roswitha an, daß die Abfälle in der Regenrinne landen. Sie erfaßt noch rasch sein Gesicht und sieht ihn zum ersten Mal lachen. Er schaut ihr mitten in die Linse und lacht sie an. Das Lachen gehört ihr. Sie hat mit ihm ein Geheimnis. Die fünf am Fenster prosten einander zu, und Roswitha läßt ihren Gucker wieder in der Schürze verschwinden.

Inzwischen weiß Grete zu erzählen, daß die zwei Männer, die bei ihrem Ausbruchsversuch auch eine Mauer durchbrochen hatten, dabei ein wertvolles Fresko aus dem 16. Jahrhundert, das vor kurzem erst um teures Geld restauriert worden sei, beschädigt, wenn nicht gar zerstört hätten. Die »Volksseele« im Garten, Roswitha versteht nun den Begriff, brodelt und verlangt nach Recht und Ordnung und Bestrafung. Roswitha lächelt in sich hinein, denn sie weiß ihren Jungen da oben in Sicherheit, an ihn können sie nicht heran. Und die Polizei verlangt von den Ausbrechern, bedingungslos aufzugeben, und ersucht die Bevölkerung, die Ruhe zu bewahren, da sie ansonsten zum Verlassen des Gartens aufgefordert werde.

Da sind sich die Insassen in Roswithas Wohnung wiederum ihres Privilegs bewußt, denn *sie* konnte man nicht vom Schauplatz vertreiben.

Roswitha und Lotte tragen das schmutzige Geschirr in die Küche. Im Vorzimmer steht plötzlich Martha vor ihnen. Roswitha betrachtet entgeistert die Schwester und denkt, auch das noch, sie ist doch erst gestern hiergewesen; aber Lotte spielt gleich die Hausfrau und drängt Martha ins Nähzimmer, um ihr ebenfalls den Ausblick zu verschaffen.

Martha sieht nur die Rücken der Männer und das Fräulein Grete, das sich umdreht und ihr ins Gesicht schaut, aber kein Wort sagt, sondern sich gleich wieder abwendet, so daß sie nur die vier Rücken schier aneinandergepreßt vor sich sieht und keinen Platz für sich. Da kehrt sie rasch um, wehrt Lotte ab, laß mich in Ruhe, und findet Roswitha in der Küche allein beim Geschirrspülen. Seit wann hockt die Grete bei dir herum, fährt sie die Schwester an. Roswitha zuckt die Schultern, was weiß ich, sie ist halt meine Kundin. Ach so, antwortet Martha gedehnt, eine Kundin. Was ist denn schon wieder los, fragt Roswitha gereizt. Martha will nur den Dachbodenschlüssel. Wozu? Die Dachbodenkammer liege genau gegenüber dem Kirchenschiff, da habe sie den besten Blick auf die zwei Verrückten, lächelt Martha.

Das Fenster ist doch so hoch oben, da mußt du auf

eine Leiter steigen, damit du hinaussiehst, gibt Roswitha zu bedenken, der dieser Lugaus plötzlich auch für sich selbst zweckmäßig vorkommt.

Sie werde unter dem Gerümpel schon eine Kiste oder einen Kasten finden, der dafür zu brauchen sei.

Meinetwegen, sagt Roswitha und kramt in der Kredenz nach den Schlüsseln. Vielleicht komm ich auch einmal hinauf? fragt Roswitha.

Du? Nein. Aber den Bruno schick mir, sagt Martha.

Den Bruno? Soll denn der Bruno zu mir kommen? Hat er so was gesagt?

Martha macht eine Handbewegung nach dem Nähzimmer und antwortet mit harter Stimme: Der Bruno kommt, verlaß dich drauf. Vergiß nicht! Schick ihn mir herauf. Leb wohl.

Roswitha gibt Martha einen Schlüssel für die eiserne Dachbodentür und einen für das Kämmerchen und ist schließlich doch erleichtert, daß Martha nicht bleibt, denn die Fensterplätze, die Logensitze, sind ja wirklich mehr als belegt. Auch meint sie, eine weitere Person nicht mehr in ihrer Wohnung ertragen zu können. Sie würde fliehen müssen vor der Unruhe, denkt Roswitha schon jetzt, wenn das noch Tage so weiterginge. Auch weitere Arbeitstage wären verloren, falls sich die auf dem Dach nicht bald einigen würden.

Max und seine Freunde haben rote Gesichter und die stur-wäßrigen Blicke von Betrunkenen, als Roswitha zurückkommt. Fred meint, daß bald Nachschub geholt werden müsse, das Bier gehe schon zur Neige. Roswitha will Einwände erheben, ihr wird angst und bang. Aber auch Lotte verspürt Durst, und Grete kichert, sie auch. Die Menge im Garten hat sich noch nicht zerstreut, im Gegenteil, immer noch mehr Leute kommen herbei. Wenige nur gehen weg. Neu ist, daß manche Klappstühle und -tischchen aufstellen, Brote hervorholen und Thermos- oder Bierflaschen und zu jausnen anfangen. Dabei reden sie immer lauter, fuchteln erregt herum, schimpfen auf die Dachbesetzer und wollen sie herunterschießen wie die Spatzen.

Roswitha verspürt eine heftige Abneigung gegen die Menschenansammlung im Garten, überhaupt gegen alle Personen, die ihr so auf den Leib rücken, ihr schier keine Luft zum Atmen lassen und keinen Raum, ihre Arbeit zu verrichten. Doch wagt sie sich nicht mit ihrer Meinung hervor und beschwichtigt sich damit, daß es sich um einen Ausnahmezustand handle, der bald enden müsse. Und in der Tat, es geht ein Aufschrei durch die Menge, auch Max, der wieder den Feldstecher an den Augen hat, brüllt, denn die Zuchthäusler kriechen jetzt auf die Luke zu. Sie scheinen das Dach mit Hilfe der Strickleiter bis zur Ausstiegsluke erklettern zu wollen. Der Zivilist, der tatsächlich ein Psychiater ist, wie Lotte vermutete, streckt schon aus der Öffnung die Arme den Männern entgegen; doch dann halten die beiden in ihrem Aufstieg inne, schütteln die Köpfe und robben wieder zurück an ihren Platz hinter dem Schneegitter. Das Publikum, das sich gefoppt vorkommt, heult empört auf. Diejenigen, die sich aus dem Gras erhoben haben, setzen sich wieder, und die einen bequemen Platz auf dem Bagger ergattert haben, es sind dies vor allem junge Leute, die auch auf der Schaufel herumklettern, nehmen ihn wieder ein.

Roswitha hat die Lust verloren, hinter Max oder den

anderen zu stehen und auf das Kirchendach und die beiden Jammergestalten zu glotzen; und sie wünscht sich, jemand käme, der sie aus dieser Lage erlöste, sie einfach wegführte und mit ihr über ganz Alltägliches spräche oder sich über die geplante Aufführung des historischen Trauerspiels mit ihr unterhielte. Der Oberschulrat fällt ihr wieder ein, seine Höflichkeit und sein Zartgefühl. Unvorstellbar, daß er an diesem Rummel ebensolchen Gefallen fände. Sie überlegt, ob sie zu Martha, trotz ihres Verbots, auf den Dachboden steigen solle, verwirft den Gedanken wieder, da sie es nicht auf einen Streit mit der Schwester ankommen lassen will. Außerdem will sie Max lieber nicht mit den anderen allein in der Wohnung lassen.

Wenn sie nicht sicher hätte sein können, daß die Ausbrecher irgendwann, auf diese oder jene Weise, das Dach verlassen müßten und der Alltag und die geordneten Abläufe wieder zu ihrem Recht kämen, wäre sie jetzt am Verzweifeln. Sie ist erschöpft; daher zieht sie sich ins Schlafzimmer zurück. Aber auch dort wird sie ihre Bedrückung nicht los; wenn sie die Betten betrachtet, erinnert sie sich, was auf ihnen vorgefallen war, und es ist ihr, als sei in der ganzen Wohnung kein Platz mehr für sie. Sie setzt sich ans Fenster, schaut auf den Fluß, legt den Kopf auf ihre Arme und beginnt heftig zu schluchzen. Sie meint zu ersticken, dann schreit sie in das Rauschen des Gewässers, stößt ihren Atem aus und stöhnt, so wird sie ruhiger und nickt schließlich zusammengekauert am Fenster ein.

Als sie jemand an der Schulter berührt, schrickt Roswitha hoch. Es ist Nacht geworden. Lotte hat sie gesucht, weil wichtige Besucher eingetroffen seien, wie sie sich ausdrückt. Roswitha, der ein beklemmender Traum noch in Kopf und Herz herumspukt, will gegen die weiteren Eindringlinge protestieren. Doch Lotte fällt ihr ins Wort, ihr Schwager sei gekommen und der Oberschulrat. Beide fragen sie nach dir.

Roswitha fährt sich über die Haare und glättet ihr Kleid, als sie sich hastig aufrichtet. Tatsächlich haben es sich der Oberschulrat und Bruno vor dem Fenster schon gemütlich gemacht. Fred und Kurti haben ihnen ihren Platz abgetreten. Sie lümmeln nun auf Roswithas Bett. Der Oberschulrat, dessen Gesicht gerötet ist, gesteht ihr, als er sie leicht schwankend begrüßt, noch nie einen so hochdramatischen Augenblick erlebt zu haben; er, dieser Augenblick, vielmehr diese Szenerie, seien für ihn, seine dramatische Inspiration von unschätzbarem Wert und er hoffe daher, daß sie sein unangemeldetes Eindringen in ihre Wohnung entschuldige.

Max reizt diese Rede zu unbändigem Lachen. Er kann sich eine ganze Weile nicht fassen und prustet sein Gelächter in die Nacht hinaus. Bruno, der sich neben Grete gesetzt hat, beteuert, nur auf einen Sprung vorbeigekommen zu sein. Er müsse gleich wieder gehen.

Deine Frau erwartet dich auf dem Dachboden. Du sollst hinaufkommen, sagt Roswitha, und dabei fährt ihr der Schrecken in die Glieder, daß sie auf die Schwester so lange hat vergessen können.

Was? fragt Bruno, auf dem Dachboden, hier?

Ja, sie hat dort eine bessere Aussicht, meint Roswitha unsicher. Die Dachbodenidee erscheint ihr nun als eine Schnapsidee der Schwester.

Sie wartet auf dich.

Sie wartet auf mich, sagt Bruno mit eigentümlichem Ausdruck und schaut dabei der Bibliothekarin in die Augen. Na, dann muß ich wohl gleich ... Es war ein kurzes Vergnügen. Habe die Ehre, er zieht den Reißverschluß seiner Jacke zu, verbeugt sich übertrieben nach allen Seiten und geht. Bald darauf verabschiedet sich auch das Fräulein Grete. Roswitha atmet auf. Jetzt ist wieder Platz am Fenster; und Martha würde wohl auch mit Bruno nach Hause gehen.

Lotte sitzt zwischen Max und dem Oberschulrat. Für Roswitha ist noch ein Platz an der anderen Seite Hingerls frei. Sie rutscht nun auch ans Fenster, neben den Schulmann, der sich Lotte zugewandt hat. Auf dem Dach hocken noch immer die zwei Männer in der unbarmherzigen Lichtinsel der Scheinwerfer. Inzwischen ist es kühl geworden, und Mücken und Nachtfalter summen um die Lampe, doch niemand denkt daran, das Fenster zu schließen.

Im stillen möchte Roswitha wissen, wie lange die ungebetenen Besucher noch bei ihr aushalten würden. Doch laut wagt sie das nicht zu fragen, gar jetzt, da der Oberschulrat selbst gekommen ist. Unvermittelt fällt ihr die Schwester ein, und sie beruhigt sich bei dem Gedanken, daß Bruno sie vom Dachboden heruntergeholt und heimgebracht habe. Dennoch treibt sie eine plötzliche Unruhe an die Dachbodentür. Sie drückt die Klinke, die Tür ist versperrt, und kein Schlüssel steckt im Schloß. Roswitha überlegt und kommt dann zu dem für sie einleuchtenden Ergebnis, daß Schwester und Schwager, wohl um sie nicht mehr zu behelligen und um auch selbst nicht mehr behelligt zu werden, still den Heimweg angetreten und den Schlüssel aus Zerstreutheit mitgenommen hatten. Morgen oder übermorgen würden sie ihn gewiß zurückbringen.

Roswitha ist nicht lange weggeblieben, und doch hat sich die Stimmung im Raum verändert. Max stiert, den Kopf in beide Hände gestützt, blöde und betrunken in die Nacht. Der Oberschulrat hat Lottes Hand in seine genommen und redet leise auf sie ein. Roswitha setzt sich, von ihm unbemerkt, wieder neben Hingerl. Fred und Kurti schnarchen auf Roswithas Bett. Roswitha hört, wie Lotte dem Oberschulrat flüsternd bekennt, daß sie zu ihrem Mann, dem Hermann, endlich wieder aufschauen könne, weil er sich offensichtlich in einer ebenso gefährlichen wie wichtigen Angelegenheit so glänzend bewähre. Sie bewundere seinen Einsatz, das müsse doch auch der Oberschulrat, den sie Alfons nennt, zugeben. Sie schluchzt beinahe, während ihr der Angesprochene über Hand und Arme streichelt und zurückflüstert: Gewiß. Gewiß. Schließlich legt Lotte ihren Kopf auf die Schulter des Streichlers, wodurch die kunstvoll gelegten roten Haare in Unordnung geraten und eine schwere Strähne sich aus dem Haarturm löst und sich über den Rücken des Oberschulrats schlängelt. Max ist auf dem Tisch eingeschlafen, und Alfons Xaver Hingerl küßt Lottes geschlossene Augen. Es ist ganz still und heimelig im Zimmer. Die Schläfer auf Roswithas Bett schnarchen nicht mehr. Der gelbe Schein der Tischlampe erzeugt ein romantisches Licht. Droben auf dem Kirchendach versuchen nun die beiden Männer aus dem gleißenden Lichtkegel zu kriechen, der sie jedoch, kaum daß sie an seinen Rand kommen, wieder einholt und in seine Mitte nimmt. Schließlich geben sie auf und strecken sich hinter dem Gitter aus.

Roswitha verharrt auf ihrem Stuhl wie hingehext und zieht ihr Opernglas aus der Schürzentasche. Sie sucht den jungen Mann in ihr Blickfeld zu bekommen. Die beiden Kerle haben ihre Jacken wieder angezogen und sind nun ganz eng zusammengerückt, wahrscheinlich um sich aneinander zu wärmen. Trotzdem kann Roswitha durch ihr Glas ganz deutlich sehen, daß Pius' Schultern vor Kälte zittern. Seine Hände hat er vors Gesicht geschlagen. Vielleicht weint er, und er wird von Schluchzen geschüttelt, fragt sich Roswitha, die von dieser Vorstellung zuinnerst aufgewühlt wird. Der Alte hat seinen Arm um den Jungen gelegt und schaut starr vor sich hin, Roswitha hat das Gefühl, und es wird ihr unbehaglich zumute, als blicke er ihr in die Augen oder durch sie hindurch. Plötzlich bewegt er sich, stößt seinen Partner an, der Junge nimmt seine Hände aus dem Gesicht – der Operngucker ist zu schwach, als daß sie mit ihm eindeutig feststellen könnte, ob sich Tränenspuren in seinem Gesicht finden, jedenfalls schauen nun beide wie gebannt, wie sich Roswitha nun fest einbildet, zu ihr her. Die beiden gebärden sich auf einmal aufgeregt. Sie strecken ihre Arme aus und weisen auf sie, fuchteln herum, drehen die Köpfe, als wollten sie sich bemerkbar machen, an den Bewegungen ihrer Münder erkennt Roswitha auch, daß sie wahrscheinlich rufen. Aber niemand hört sie. Und immer haben sie ihre Augen auf sie gerichtet. Was ist an ihr zu sehen? Was hinter ihr? Neben ihr? Das ist ja alles verrückt, sagt sie sich, sie können mich gar nicht wahrnehmen aus dieser Entfernung, höchstens das Licht im Fenster und die Menschen darin vielleicht als Schemen. Sie bewegen sich, sagt sich Roswitha, um sich warm zu machen. Schließlich geben sie auf und strecken sich hinter dem Gitter aus. Na also, denkt Roswitha, haben die mich erschreckt. Sie sollte endlich die Fremden aus ihrer Wohnung weisen. Doch, durcheinander wie sie ist, vermag sie sich zu nichts aufzuraffen.

Lotte macht ihre Augen wieder auf und schlägt nach einer Mücke. Sie sagt leise zu Alfons, daß Hermann heute die ganze Nacht beim Krisenstab präsent sein müsse. Roswitha hört alles und sieht auch, daß der Oberschulrat daraufhin Lottes Hand an seine Lippen führt. Dann erheben sich die beiden und entdecken erst jetzt Roswitha auf dem Stuhl, weil Hingerl an ihn gestoßen ist. Roswitha staunt, wie gut sie ihre Verlegenheit überspielen. Sie müßten leider gehen, vielleicht würden sie morgen wiederkommen, sofern nicht die beiden Narren inzwischen aufgegeben hätten oder heruntergefallen wären. Der Oberschulrat gibt sich eine stramme Haltung, als er sich von Roswitha verabschiedet. Im Weggehen hört sie ihn noch sagen, daß eine Demokratie, in der ja zwangsläufig ein starker Mann fehle, doch ihre Mängel habe. Solche Vorfälle, und er wendet sich noch einmal an Roswitha, hätte es seinerzeit nicht gegeben. Sie verstehen? Es ist seinerzeit nicht alles schlecht gewesen. Roswitha, die sich mit *seinerzeit* nie auseinandergesetzt hat – sie war *seinerzeit* noch ein Kind gewesen –, nickt auf alle Fälle und antwortet, daß sie es nie anders gehört habe. Eine kluge Frau, freut sich Alfons Hingerl. Dann bringt Roswitha die beiden an die Tür, wo ihr Lotte noch heimlich die Hand drückt und ihr ins Ohr flüstert: Es war sehr schön bei dir.

Plötzlich ist es ganz still um sie geworden. Auch die Menschen haben sich alle aus dem Pfarrergarten zurückgezogen. Selbst in ihrer Werkstätte, in der Max und seine Freunde ihren Rausch ausschlafen, ist Ruhe eingekehrt. Sie hat Angst, daß sie diesen Frieden durch ihre Rückkehr stören könnte, den sie nach diesem Tag so dringend brauchte. Sie rechnet damit, daß die letzten ungebetenen Gäste von selbst im Laufe der Nacht verschwinden. Daß der Oberschulrat auch gekommen ist, um an ihrem Fenster die Ausbrecher zu beobachten, hat sie einerseits enttäuscht – sie hat ihn für zu fein und gebildet gehalten, als daß er sich an dem Elend dieser Jammergestalten ergötzte wie die gewöhnlichen Leute –, andererseits hatte sie sein Erscheinen auch für kurze Zeit beglückt. Im großen und ganzen hat aber sein Verhalten ihre Erinnerung an ihn und den Handkuß angerußt.

Roswitha ist schon am Einschlafen, als sie durch ein Poltern hochschreckt, das von etwas Um- oder Heruntergefallenem herrühren mag. Danach aber bleibt es still, so schläft sie bald wieder ein.

Max ist in dieser Nacht nicht mehr aus den Kleidern gekommen. In Hemd und Hose hat er sich neben sie aufs Bett geworfen und liegt immer noch da, als wolle er nicht mehr erwachen. Sie betrachtet ihn mit Abscheu. Nur nicht wecken. In der Werkstätte beginnen sich seine Kumpane zu regen. Roswitha stampft auf, als sie die beiden sieht: Die sind immer noch da! Indessen reiben sie sich die Augen, schnalzen und reißen ihre schlaftrunkenen Münder auf.

Roswitha beginnt mürrisch in ihrer Werkstatt die leeren Flaschen und Gläser einzusammeln und die Stühle zurechtzurücken, während die beiden stumpfäugig herumhocken oder auf dem Abort ihr Wasser abschlagen. Auf dem Kirchendach hat sich einer der Sträflinge, es ist der Alte, aufgesetzt und klatscht seine Arme kreuzweise gegen seinen Oberkörper. Wahrscheinlich friert er, denn die Nächte sind schon herbstlich, kalt und feucht. Der andere liegt noch unbeweglich wie ein dunkler Balken. In der Dachluke ist niemand zu sehen. Es schlägt eben erst acht Uhr. Der Pfarrergarten ist, abgesehen von den Justizwachbeamten, den Polizisten und dem Ambulanzwagen, verlassen. Es scheint, daß die Ausbrecher schon zu einer Alltäglichkeit geworden sind, die niemanden mehr – jedenfalls nicht zu so früher Stunde – hinter dem Ofen hervorzulocken vermögen. Roswitha überlegt, was nun als nächstes zu tun sei. Das wichtigste ist wohl das Einkaufen. Und die viele Näharbeit, die überfällig ist! Daran freilich ist nicht zu denken, solange ihre Werkstätte von den ungebetenen Gästen belagert wird. Sie versucht abzuschätzen, wie lange die beiden da oben noch aushalten könnten. Ihre Hartnäckigkeit macht sie staunen. Es muß auf dem Dach höllisch unbequem sein. Tagsüber die siedende Hitze, von der die Dachziegel aufgeheizt werden, und nachts die Kälte. Beidem sind sie ohne Schutz ausgeliefert.

Auf dem Gerüst an ihrem Haus ist noch kein Arbeiter zu sehen. Als wüßten alle, daß die Ausnahmesituation noch andauert.

Hinter Roswithas Rücken bewegt sich etwas. Der kleine, hurtige Kurti Schweinschwaller tippt ihr auf die Schulter: Tschuldigung gnä' Frau, wo können wir uns waschen bei Ihnen?

Roswitha braust auf: Ich bin doch kein Hotel!

Kurti lacht, schlägt sich auf den Mund: Verzeihung,

das war aber gut. Nein, im Ernst. Ein bisserl Wasser, Seife und Handtuch. Es wäre schon dringend.

Wieso geht ihr nicht dorthin, wo ihr herkommt, und wascht euch dort? fragt Roswitha scharf und ist überzeugt, endlich den richtigen Ton gefunden zu haben.

Aber schauen Sie, da wäre uns der Max aber bös, wenn wir ganz ohne Ade abhauen täten, erklärt Kurti geduldig. Hinter ihm grinst Alfred. Das wollen Sie doch nicht, ihn verärgern? Oder? Nein, Gnädigste, was das Waschen anlangt, so sind wir mit allem zufrieden.

Da gibt sie auf. Sie zeigt ihnen in der Küche das Lavoir und das übrige. Um den beiden nicht dabei zuschauen zu müssen, wie sie sich waschen, packt sie ihren Einkaufskorb und geht zum Einkaufen.

Das ganze Dorf ist auf den Beinen. Die Greißlerei der Leokadia Braml ist zum Bersten voll. Es heißt warten. Die Frauen, es handelt sich fast ausschließlich um Frauen, besprechen den aufregenden Ausbruchsversuch der zwei Gangster. Roswitha hört nichts Neues. Als sie endlich an die Reihe kommt, ist sie vom Stehen schon ziemlich erschöpft; sie muß aber noch zum Bäkker. Dort stauen sich ebenfalls die Kunden in dem engen Verkaufsraum; das hat sie noch nicht erlebt. So früh am Morgen sind die Geschäfte sonst wenig besucht.

Auf dem Weg nach Hause bewegt sie sich mit ihrem vollen Einkaufskorb fast wie in einer Prozession. Alles treibt in die Nähe der Ausbrecher. Roswitha wird gestoßen, angerempelt und mitgezogen. Die Hinkende ist den stracks Vorwärtsdrängenden im Wege. Endlich langt sie bei ihrem Hause an. Wie Strandgut schwemmt sie der Menschenstrom vor die Tür.

In ihrer Wohnung geht es schon hoch her. Sie hat es geahnt und gefürchtet. Es ist wieder Bier und auch Schnaps herbeigeschafft worden. Max ist aus dem Bett gestiegen; er sitzt im Nähzimmer mit Kurti und Alfred am Tisch; zum Frühstück hat er schon ein Bier gekippt.

Der Pfarrergarten füllt sich mit Menschen, die Strickleiter hängt wieder als ein Angebot an die Sträflinge aus der Luke. Die Luke selbst ist immer noch unbesetzt. Und in Roswithas Werkstätte hausen wüst und mutwillig die Ungeladenen. Max wirft wieder mit den Messern. Die anderen schauen zu und stampfen und klatschen, wenn er auf dem Brett die aufgemalten Kreise in der Mitte trifft. Gleichzeitig behalten sie auch das Geschehen draußen im Auge; denn daß sich nun bald etwas ereignen muß, erwarten alle, das liegt in der Luft.

Roswitha steht eine kurze Weile stumm im Zimmer und weiß nicht, wie sie sich verhalten soll. Niemand nimmt sie wahr. Eines der feinen, stilettartigen Messer liegt auf dem Fußboden ein wenig abseits und daneben ihre ellenlange Zuschneidschere für die schweren Stoffe. Offenbar hat Max versucht, auch mit diesem Gerät ins Schwarze zu treffen. Roswitha bückt sich rasch und steckt die Schere in ihre Schürzentasche, aus der sie allerdings zur Hälfte herausragt. Sie nimmt sich vor, dieses wichtige Schneiderutensil vor den Männern in Sicherheit zu bringen.

Bis jetzt sind weder Lotte noch der Oberschulrat gekommen, auch nicht das Fräulein Grete. Roswitha verkriecht sich ins Schlafzimmer und setzt sich dort ans Fenster, um auf den Fluß zu starren. Als sie eine ganze Weile in die Wasserstrudel und auf die Felder und Wälder geblickt hat, wird ihr elend, denn der Blick in die ruhige, menschenleere Landschaft hat nichts mit den Vorgängen im anderen Teil ihrer Wohnung zu schaffen, hat überhaupt nichts mit dem Leben zu tun. Die Wiesen, die Bäume und die Felder, die wissen von nichts und können sie nicht trösten und ihr nicht raten, wenn sie auch noch so lieblich anzuschauen sind. Es ist auch nicht möglich, in der Landschaft zu verschwinden, in die Natur einzugehen. Selbst aus der schönsten Natur muß es immer wieder den Rückweg zu den Menschen geben, zumindest in das Haus, unter ein Dach, und das heißt ja zu den Menschen, die sie, das fühlt sie zwar undeutlich, aber doch voll Wehmut, nie mehr für sich sein lassen, so wie sie es früher gewesen ist. Max ist in ihr Leben eingebrochen, hat einen breiten Trampelpfad in ihren Alltag getreten und läßt alle, alle herein. Daß sie dennoch nicht weiß, ob sie alles genauso wie früher haben will und ganz allein leben, verunsichert sie. Immerhin ist Max ihr nahegekommen, wie sie noch nie die Nähe eines Menschen verspürt hat, und es ist meistens schrecklich, aber zuweilen auch süß gewesen, oder es ist so, daß sie denkt, es könnte vielleicht noch etwas Gutes daraus werden, obwohl ihr das Herz schwer wird bei dem Gedanken an die Verheerungen, die sein Hiersein mit sich gebracht hat.

Wo nur der Schwager bleibt? Sie hat ihn oder die Schwester mit Gewißheit für den Vormittag mit den Dachbodenschlüsseln zurückerwartet.

Plötzlich ist sie so besorgt wegen der verschlossenen Dachbodentür, daß es sie hindrängt und sie, als sie davorsteht, wie von Sinnen auf die Klinke drückt und an ihr rüttelt. Das ist töricht. Also rennt sie zurück in die

Wohnung, denn hier kommt sie mit sich nicht ins reine; es gibt einen zweiten Dachbodenschlüssel, der muß irgendwo zu finden sein. Auf der Suche danach flattert sie durch die Wohnung, reißt Schubladen auf, wühlt in ihnen. In ihrem Nähzimmer befällt sie wieder ohnmächtige Wut gegen Max und sein Messerwerfen, während sich das Publikum im Pfarrergarten lautstark wegen der Ausbrecher, dieser Gesetzlosen, erregt, an die kein Herankommen ist. Wie lange wollt ihr euch das noch gefallen lassen, brüllen die Zuschauer, die dicht gedrängt in der Anlage stehen, den Ordnungshütern zu. Die Stimmung ist aufs äußerste gereizt, als Roswitha ans Fenster kommt. Die Leute fühlen sich von der Hartnäckigkeit der Ausbrecher persönlich genarrt; genasführt von diesen Gangstern, an die von unten kein Herankommen ist und die es herunterzuholen gelte, wenn hier noch Zucht und Ordnung herrschten. Und mit dem Nachgeben, da sehe man es, was dabei herauskomme, kein anständiger Bürger sei mehr sicher vor diesen Verbrechern, mit denen mehr Umstände gemacht würden als mit ihnen, den Anständigen; und es stellt sich heraus – einer, der einen ganz scharfen Feldstecher dabeihat, weiß es in Umlauf zu bringen –, daß die Gauner heute Schweinsbraten mit Knödel, wahrscheinlich Semmelknödel und Sauerkraut gereicht bekommen hätten. Und einer der Kriminellen habe in die Dachrinne geschissen, von diesen Gaunern lasse man sich auf den Kopf scheißen, soweit sei es schon gekommen.

Roswitha wird von diesem Brodeln, das da aus dem Garten zu ihrem sogenannten Logenfenster heraufkocht, erregt und in eine dunkle Angst versetzt und abgelenkt von ihrer Schlüsselsuche. Und sie hockt sich an den Tisch, an dem nun Platz ist, denn die Männer werfen nun alle drei mit den Messern, obwohl sie nicht mehr treffen, sie werfen nur wild gegen die Wand, gegen die Holztür, und es ist ein Glück gewesen, daß sie Roswitha, die durch ebendiese Tür gekommen ist, nicht getroffen haben. Von unten winkt Lotte herauf, die mit dem Oberschulrat und der Bibliothekarin eine Baggerschaufel zu erklettern sucht. Da dies mißlingt, entschließen sich die drei, wieder zu Roswitha zu kommen. Sie bleiben aber in der Tür stehen, als sie die Männer beim Messerwerfen sehen, und schütteln die Köpfe. Der Oberschulrat seufzt: Hier wollen wir nicht stören. Und Lotte blickt Roswitha vorwurfsvoll an. Das Fräulein Grete behauptet munter, sie wisse noch einen Holzstoß oder einen Scheiterhaufen, von dem sie einen guten Blick haben könnten und der leicht zu erklettern sei und im Verborgenen stehe. Auf zum Lugaus, ruft nun auch der Oberschulrat fröhlich und macht schneidig kehrt. Lotte dreht sich noch einmal nach Roswitha um und schüttelt wieder den Kopf, und wieder liegt ein Vorwurf im Blick der Freundin, als hätte sie, Roswitha, dieses Messerwerfen veranstaltet. Sie hebt zwar noch die Hände zum Zeichen ihrer Ohnmacht, aber die sieht oder beachtet Lotte nicht mehr. Da fällt Roswitha erneut die Dachbodentür ein, und sie reißt einige Laden im Vorzimmerschränkchen auf und kramt in ihnen herum. Und tatsächlich, zwischen Schnüren, Flaschenkorken, Scheren und anderem Krimskrams findet er sich. Da ist er ja! ruft sie erleichtert aus. Da geh ich gleich hinauf, sagt sie mit dem Schlüssel in der Hand und steht vor der eisernen Dachbodentür und geht nicht hinauf, sondern steht und wartet und sagt: Jetzt gehe ich aber, und geht nicht hinauf, sondern ans Vorzimmerfenster und sieht, wie sich immer noch Neugierige in den Pfarrergarten stopfen, der schon ziemlich vollgestopft mit Menschen ist, aber der Bruno ist nicht darunter und auch nicht die Martha.

Da geht sie zur Dachbodentür und schließt sie auf und sagt sich, daß sie gleich wird lachen müssen vor Erleichterung, denn auf dem Dachboden lauern sicher die Erleichterung und die Befreiung und nicht das Gegenteil. Sie schließt also auf, steigt auf die steinernen Treppen und auf ihnen höher und höher. Das Haus hat einen riesigen Speicher wie alte Schwarzwaldhäuser, die ja manchmal nur aus Dächern zu bestehen scheinen. Und sie beginnt eine Melodie vor sich hin zu summen, und als sie darauf achtet, welche Melodie ihr da in den Sinn gekommen ist, da bleibt sie stehen und ärgert sich, denn es ist das Lied, das der Ziehharmonikaspieler vor wenigen Tagen ohne Unterlaß gespielt und sie am Einschlafen gehindert hat, und dazu hatte er den Text gegrölt, und das bringt sie nun nicht mehr aus den Ohren: *In einem Polenstädtchen,* summ, summ, *sie war das allerschönste Kind, was man in Polen findt, aber nein, aber nein, sprach sie, ich küsse nie. In einem Polenteiche, da fand man eine Leiche, die war so bleich* .... ein schändliches Lied. Sie will es vergessen. Sie geht weiter und erreicht das Ende der Steintreppe. Jetzt hat sie einen Überblick über den ganzen Dachboden, wenn sie sich umschaut. Sie schaut sich um und beginnt wieder zu summen und merkt es nicht. Der Dachboden ist auch ein Trockenspeicher. Und siehe da, jemand hat ihre Wäsche abgenommen und feinsäuberlich in den Korb geschichtet. Allerdings ist auch die Leine abgenommen. Sie ist weg. Wäsche da, Leine weg. Und sonst? Es ist niemand da. Da ruft sie übermütig: Martha, wo bist du? So ein Unsinn, die ist natürlich zu Hause bei ihrem Mann, dem Bruno. Schläft sich aus oder tut sonst etwas Vernünftiges. Vielleicht muß sie wirklich ins Spital. Vielleicht hat sie es Bruno erzählt, und er ist bei ihr, um ihr die Angst zu nehmen. Martha, Martha! ruft sie ausgelassen. Sie hätte vor Erleichterung springen können. Sie geht aber an ihr Dachbodenabteil, das hinter einem Lattenverschlag auch von außen gut zu überblicken ist: Niemand. Die Dachluke steht offen. Durch sie mochte Martha wohl eine Weile dem Treiben auf dem gegenüberliegenden Kirchendach zugeschaut haben, denn unter der Luke steht ein Hokker, genau gesagt das ehemalige Waschstockerl der Mutter, dessen Sperrholzplatte wellig verzogen ist.

Das Abteil ist nicht verschlossen. Alles leer. Alles leer. Die Schwester längst zu Hause. Sie stößt mit dem Fuß gegen einen Schemel, der neben dem Stockerl umgekippt liegt. Sie kann wieder umkehren. Doch dann steigt sie doch auf das Stockerl und reckt ihren Kopf beim Dachbodenfenster hinaus. Und da ist der Fensterhaken, und an dem Fensterhaken ist die Leine, der Strick, der Wäschestrick angebunden, und an diesem Strick – und das Dach ist ein steil abfallendes – hängt etwas, ist etwas angebunden, und das hat einen Kopf und Haare auf dem Kopf und ist ein Mensch und ist Martha. Und hängt und liegt auf dem Dach an dem Strick, der ganz straff gespannt ist, und das Gesicht kann sie nicht sehen, sondern nur die Haare, den Scheitel. Die grauen Haare, die unter den braungefärbten hervorwachsen. Den zwei Zentimeter breiten, grauen

Haarnachwuchs. Ganz fremd sieht dieser Scheitel aus, aber es ist die Schwester, sie erkennt das Kleid und die Schuhe und die Hände und die Arme, die sie ganz ruhig neben ihrem Körper liegen hat, und das Gesicht ist nicht zu sehen, denn das liegt auf dem Dach, direkt mit dem Gesicht auf den Dachziegeln, und man kann nicht an sie heran. Roswitha versteht nichts, wieso da draußen, wieso auf ihrem Dach, und beginnt wieder das Schandlied zu summen und zieht die große, scharfe Schneiderscher' aus ihrer Schürze heraus, die sie immer noch mit sich herumschleppt zum Glück, und schneidet und schneidet, schneidet den Strick, die Wäscheleine durch, und da setzt sich Martha langsam in Bewegung, und gleitet hinunter, hinunter, wird schneller, dreht sich, das Kleid schiebt sich über die Hüften herauf, die Arme spreiten sich, die Gestalt treibt an das Schneegitter heran und kommt am Schneegitter zu liegen.

Roswitha brummt: *Da fand ich eine Leiche, sie hielt den Zettel in der Hand* und läuft die Treppen hinunter und summt *auf dem geschrieben stand* ... Da steht tatsächlich der Bruno vor ihr und scheint außer Atem zu sein, er schnauft, aufgeregt ist er, und die Frage bleibt nicht aus, die er stellt in ihr Gesumse: Ist meine Frau bei dir?

Da hält Roswitha inne und sagt: Eija, ei wohl, jawohl bei mir. Das habe ich dir ja gesagt. Gestern schon gesagt. Sie wartet immer noch auf dich. Oben auf dem Dachboden. Geh nur, sie wartet.

Dann rennt sie in die Werkstätte. Und in der geht es ganz toll zu. Sie werfen mit den Messern und saufen und grölen, und Roswitha sagt zu Max aus dem Summen heraus:

Und jetzt will ich, daß das aufhört. Aufhört. Aufhört. Aufhört.

Da beginnt Max furchtbar zu lachen, daß sie ihm tief in den Rachen schauen kann über die faulen Zähne hinweg, und die anderen lachen auch und halten sich vor Lachen die Bäuche. Und Max kommt auf Roswitha zu und sagt:

So. So. Aufhören, und stampft im Takt, so. Aufhören sagt sie. Aufhören, und stampft. Und wiehert. Und Roswitha geht auf ihn zu und sagt: Aufhören. Aufhören. Aufhören.

Ja so, wieso aufhören. Wieso denn, ja wieso denn, sagt Max und will sie an den Armen packen und scherzhaft herumstoßen: Wieso aufhören. So. So. Aufhören. Wieso.

Sie läßt sich aber nicht fassen, sondern greift in ihre Schürzentasche, und als er wieder die Arme ausbreitet und sie packen will, da stößt sie mit der Schere aus ihrer Schürzentasche zu. Und zu. Und da hebt er noch einmal seine Arme, als wolle er sie wieder fangen, da stößt sie noch einmal zu, weiter unten, mit aller Kraft, und da krümmt er sich und legt seine Hände an seinen Bauch und biegt sich immer enger zusammen und fällt um. Das gibt ein Gepolter. Ganz leise aber und plötzlich huschen die anderen zwei davon.

Aus dem Pfarrergarten erhebt sich ein Schrei, wie man ihn von Fußballplätzen zuweilen hört. Roswitha setzt sich an den Tisch und schaut auf das Kirchendach. Dort klettern die beiden Männer auf der Strickleiter durch die Luke hinein.

Susanne Fischer

Unter Weibern

Dreizehn Geschichten
suhrkamp taschenbuch 3449
244 Seiten

»Kholed, sagte er und streckte mir seine schmale Hand hin. Melanie, antwortete ich und reichte ihm meine. Dabei heiße ich Andrea. Ein schöner Name, Melanie. Wo kommst du her? fragte ich und zog meine Hand zurück. Aus Tunesien. Tunis. Ich bin hier zu Besuch. Seit zwei Monate. Monaten. Sagte ich. Ich war schließlich Deutschlehrerin.«

Zwölf Frauen und ein Mann jagen dem Leben hinterher, wenn sie es nicht gerade fliehen. Sie suchen es auf Reisen, bei samtäugigen Kneipenbekanntschaften, im Internet, unter dem Skalpell und schließlich – verzweifelt – in der Handtasche einer überaus verschlossenen Reisebekanntschaft.
Mit aggressivem Witz erzählen die Geschichten von der anstrengenden Gratwanderung zwischen herzerwärmender Sentimentalität und kaltem Selbstmord, die der Alltag einer aufgeklärten Frau stets aufs neue abverlangt. Und vom Sex, den sowieso immer nur die anderen haben.

NF 436/1/5.02

Unda Hörner

Unter Nachbarn

Roman
suhrkamp taschenbuch 3171
201 Seiten

»Ein Schlüssel wurde in der Tür umgedreht. Die Tür wurde geöffnet und wieder geschlossen. Ein fremder Mann stand im Flur. Er sah mich im Bett liegen und fragte: ›Wie viele Leute haben eigentlich einen Schlüssel zu dieser Wohnung?‹ ›Ich gieße hier die Blumen‹, sagte ich und zog die Decke bis zum Kinn. ›Das sehe ich‹, sagte er.«
Unter Nachbarn ist ein Roman über Berlin – und Nachbarn in Berlin. Es treten auf: eine ungewöhnliche Mutter, ein heißblütiger Waffenkenner, ein lebensmüder Professor, eine ungezügelte Klavierspielerin und ein rätselhafter Gast, der beim Blumengießen in der Wohnung des verreisten Nachbarn auftaucht. Schließlich führt eine flüchtige Beziehung zu einem »Seemann« immer wieder an einen See in der Stadt, an dem alles wie zufällig zusammenläuft und etwas ganz Neues entsteht.

Unda Hörner, geboren 1961, lebt seit 1982 in Berlin.

NF 284/1/11.00

Sabine Neumann

Das Mädchen Franz

Erzählung
suhrkamp taschenbuch 3456
176 Seiten

»Sind Männer und Frauen eine Erfindung, oder gibt es sie wirklich? Mußte man Junge oder Mädchen sein, gab es nicht etwas Drittes, ganz anderes?« fragt Franz, die nicht Franziska sein will, die singen kann wie Heintje und sich in der Rolle des kleinen Jungen überhaupt viel wohler fühlt. In einer längst vergangenen Zeit, als im Fernsehen die erste Mondlandung übertragen wurde und im Radio Johnny Cash »A boy named Sue« zu hören war, kam das Mädchen Franz zur Welt, das sich schon in der ersten Sekunde seines Lebens fragte, ob nicht alles ganz anders sein könnte. Aber Franz wächst und wird älter. Franz wird (wieder) Franziska.
Sabine Neumann beschreibt in ihrem Entwicklungsroman en miniature ein Mädchen namens Franz auf der Suche nach etwas anderem, bis es sich schließlich selbst findet.

NF 468/1/4.03

Bärbel Reetz

Zeitsprung

Erzählung
suhrkamp taschenbuch 3424
128 Seiten

Wendezeit. Die westdeutsche Chirurgin Dorothea Mayfeld fliegt zu einem Kongreß nach Prag, trifft ihren amerikanischen Kollegen und Geliebten Henry Goldstein und dessen ostdeutschen Freund, Hermann Nehmer, ohne den Goldstein, so erzählt er Dorothea, nicht am Leben wäre. Eine schicksalhafte Beziehung aus NS-Zeit und Krieg, in die auch die Frau sich unversehens hineingezogen fühlt. Aber auch bei ihr durchdringen sich bei der Begegnung mit Nehmer Gegenwart und Vergangenheit, meint sie doch, in einer Déjà-vu-Situation einen Zeitsprung zu erleben und einen längst vergessen Geglaubten zu sehen: Grewe, den geheimnisvollen Geliebten der Mutter, das Skandalon der kleinen Stadt am Ende des zweiten Weltkriegs.

NF 467/1/4.03

Annika Reich

Teflon

Erzählung
suhrkamp taschenbuch 3488
128 Seiten

Hannah hat sich in Stefan verliebt und weiß nicht, wohin mit ihren Gefühlen. Nora, die ältere Schwester, wird auch ein Opfer von Stefans Ausstrahlung. Und die Mutter? Ist sie Stefans Charme nicht schon längst erlegen?
Annika Reich beschreibt Irrungen und Wirrungen zweier Mädchen auf der Suche nach dem eigenen Körper, nach der Sexualität, nach Selbständigkeit – nach einem Fluchtweg aus ihrer Familie, die Gefühle nicht ausspricht, nicht anspricht, nicht zuläßt.
Annika Reichs Prosadebüt geht unter die Haut, sie legt den Finger auf die Wunde und zeigt, wie es weh tut: Erwachsenwerden.

»Annika Reichs Debüt besticht durch präzise Sprache und prägnanten Stil.« *Prinz*

NF 469/1/4.03

Corinna Soria

Leben zwischen den Seiten

Erzählung
suhrkamp taschenbuch 3321
160 Seiten

Ein Kind erzählt von den bedrängenden Erlebnissen seiner Kindheit. Die Mutter leidet unter Verfolgungswahn, die Lebensmittel – eben erst eingekauft – landen in der Mülltonne – sie könnten vergiftet sein. Das Kind hungert. Die Mutter wird in die Psychiatrie eingeliefert. Ein Kreislauf beginnt: Dem Ausbruch folgt die Behandlung, der Behandlung die vorübergehende Normalität, dem erneuten Ausbruch die Einlieferung. Ganz allmählich beginnt es, sein Ich zu verteidigen, baut seine eigene Erlebniswelt auf – eine Gegenwelt aus Büchern, ein Leben zwischen den Seiten.

»Corinna Sorias Debüt ist aus dem Stoff, aus dem Literatur gemacht wird: Wahnsinn und Methode.«
Neue Zürcher Zeitung

NF 470/1/4.03